U0929075

阅读即行动

Richard Brautigan

从大苏尔来的邦联将军

一部公路片

A Confederate General from Big Sur

[美] 理查德·布劳提根 著　　李望鹭 译

北京联合出版公司
Beijing United Publishing Co.,Ltd.

献给我的女儿艾安西

目录

流失是一首甜蜜的老歌 Ⅰ
我说，除了当邦联将军你还干过什么呢？ Ⅲ

第一部　从大苏尔来的邦联将军

从大苏尔来的邦联将军 3
李·梅隆的潮汐齿 10
我与李·梅隆的初次见面 13
奥古斯都·梅隆，美利坚联盟国 17
大本营 34
对太平洋煤气电力公司的一次大胆的骑兵突击 47

第二部　与李·梅隆在大苏尔参加运动

往来信件 61

在大苏尔共进晚餐 81

准备读读《传道书》 89

《传道书》里的铆钉 94

苦苦求饶 98

卡车 105

生活之间 109

六美元七十二分的极限 113

到葛底斯堡去！到葛底斯堡去！ 119

美好的一天 124

摩托车 127

告别青蛙 134

烟草仪式 139

回到莽原 143

猪排鳄 146

俳句：原上鳄 151

他一般待在花园 153

那阵伐木声 156
战后美国简史 164
李·梅隆的圣何塞缝匠肌 171
大苏尔的营火 177
发现了月桂 181
李·梅隆，远去吧！你这滚滚大河 187
鳄鱼减去猪排 196
四对夫妇：一组美国镜头 199
让鼓声使你觉醒吧！ 203
再见了，罗伊·厄尔，保重 206
战旗猎猎，我们头戴桂冠降临！ 210
故事的结局如同石榴，每秒 186000 个 213

流失是一首甜蜜的老歌

记录显示，共有 425 人获得过总统授予的四级将军衔。其中 299 人在战争结束时仍持将军衔。战争中的人员流失记录如下：

在军事行动中阵亡或死于重伤	77 人
辞职	19 人
死于意外或自然死亡	15 人
任命被取消	5 人
拒不赴任	3 人
因“个人遭遇”身亡	2 人
遇刺身亡	1 人
自杀身亡	1 人

记录缺失	1 人
因伤退役	1 人
降为上校衔	1 人
共计	126 人

我说，除了当邦联将军你还干过什么呢？

律师，法学家	129 人
职业军人	125 人
商业人士（包括银行家，工厂主，批发商）	55 人
农民，种植园主	42 人
政治家	24 人
教育工作者	15 人
土木工程师	13 人
学生	6 人
医生	4 人
部长	3 人

拓荒者，治安官	3 人
印第安事务官	2 人
海军军官	2 人
编辑	1 人
雇佣兵	1 人
	共计 425 人

第一部

从大苏尔来的邦联将军

从大苏尔来的邦联将军

初次听说大苏尔的时候，我不知道它是美利坚联盟国[1]的成员。我只听说佐治亚、堪萨斯、密西西比、佛罗里达、亚拉巴马、路易斯安那、南卡罗来纳、弗吉尼亚、田纳西、北卡罗来纳以及得克萨斯是邦联州，就没有深究。没想到，大苏尔也是其中一员。

大苏尔竟然是邦联的第十二个成员州？说实

---

① 美利坚联盟国（The Confederate States of America）：林肯当选总统后，美国南部的六个蓄奴州联合宣布脱离联邦，以里士满（Richmond）为首都建立美利坚联盟国，又称南方邦联，与北方政权对抗。

——无特殊说明均为译者注

话，我很难相信加利福尼亚那些荒凉的群山和悬崖环绕的沙滩会造反，而在蒙特雷与圣路易斯-奥比斯波之间数百英里的狭长土地上，红衫、壁虱以及鸬鹚，正挥舞着反叛的旗帜。

圣卢西亚山脉，这座住着美洲狮和丁香花的廉价旅馆，竟是独立运动的温床？那山脉一侧的太平洋，有着百万年历史的鲍鱼和巨藻们的贫民窟，正派遣代表前往弗吉尼亚州里士满市的邦联议会？

我听说南北战争那年代，大苏尔尽是些小印第安佬。我听说那儿的小印第安佬不穿衣服。他们既没有火，也没有居所，或什么文化。他们既不打猎，也不捕鱼。他们既不埋葬死者，也不生孩子。他们以植物根茎和鹿为食，下雨天也悠哉悠哉地坐在外面。

我能想象，当这伙人带着来自太平洋的奇怪

礼物，出现在罗伯特·爱德华·李将军[①]面前时，他脸上的表情。

那正是莽原之战[②]的第二天。希尔[③]率领的部队虽英勇却已疲惫不堪。破晓时，他们被汉考克将军[④]率领的联邦第二军团三万士兵袭击。希尔的部队被冲散，在溃败和困惑中撤入了奥兰治

---

① 罗伯特·爱德华·李（Robert Edward Lee，1807—1870），美国军事家，教育家，是美国南北战争中南方邦联军的总司令。

② 莽原之战（Battle of the Wilderness），战场位于弗吉尼亚州，开始于1864年5月5日，终于5月7日，历时两天。是1864年北军总司令格兰特将军（Ulysses Simpson Grant，1822—1885）对南军发起的“陆上战役”（Overland Campaign）的第一战。

③ 安布罗斯·鲍威尔·希尔（Ambrose Powell Hill，1825—1865），美国南北战争时期南军将军。

④ 温菲尔德·斯科特·汉考克（Winfield Scott Hancock，1824—1886），美国南北战争时期北军少将，曾领军参与葛底斯堡之役。

栈道[1]。

时年二十八岁的威廉·珀阿格[2]上校是南军一名优秀的炮兵，他率十六门火炮驻守在莽原上为数不多的空地之一——寡妇塔普的农场，将所有火炮装填上反步兵弹药，不待希尔的士兵逃入奥兰治栈道，就立即开火。

联邦军的进攻正好将自己送入了犀利炮火的打击范围内，士兵们突然发现身体的中心和边缘被飞射的弹丸撕成碎片。在接触的一瞬间，历史将他们的躯体化为了雕塑。他们并不喜欢这种感觉，于是进攻部队开始沿着奥兰治栈道撤退。这条栈道的名字还挺不错的。

珀阿格上校和他的士兵们独自坚守阵地，没有任何步兵增援，没有出路，也无暇关心栈道的

---

① 奥兰治栈道（Orange Plank Road），弗吉尼亚荒原上的一条路，名字亦有“橙色栈道”之意。

② 威廉·托马斯·珀阿格（William T. Poague，1835—1914），美国南北战争时期南军炮兵上校。

名字。他们永远地陷在了那里。李将军站在他们身后弥漫的硝烟中，他在等待隆史崔特[①]将军的援军到来，他们已迟了好几个小时。

后来，援军的先头部队到达了。当约翰·格雷戈[②]率领胡德将军[③]的老得克萨斯旅，抵达希尔败退的部队所在之处时，这些得州人都目瞪口呆。希尔的部队本是邦联军的精锐突击部队，现在却处于彻底溃败的状态。

“孩子们，你们是哪支部队的?”李将军问。

“得州的!”那些士兵喊着，迅速进入作战阵形。这支不足一千人的部队开始向前挺进，朝着

---

① 詹姆斯·隆史崔特（James Longstreet，1821—1904），南北战争时期南军最重要的大将之一，罗伯特·李将军最得力的干将，被他称作“我的老战马”。曾领导了北弗吉尼亚军团在东部战场的许多重要战役。

② 约翰·格雷戈（John Gregg，1828—1864），南北战争时期南军准将。

③ 约翰·贝尔·胡德（John Bell Hood，1831—1879），南北战争时期南军上将，因勇猛和富有侵略性著称。

深渊大海般的联邦军团。

李将军骑着他的灰色骏马“远行者”，随他们一同行动，成为人潮中的一道波浪。可他们阻止了他，还喊道：“李将军撤到后方去！李将军撤到后方去！”

他们让他掉转马头，回到后方去，在那儿作为华盛顿学院的校长，安静地度过余生。后来，这所大学被更名为“华盛顿和李”。

然后他们继续前进，被动物般的狂怒所占据，全然不顾他们身上人类的影子。现在考虑这些已经太迟了。

得州人在十分钟内遭受了半数的伤亡，但他们遏制住了联邦军。这就像把手指伸进大洋里，设法让它静止了一样。但这不过是暂时的，毕竟阿波马托克斯县府①现在还安详地隐匿在不到一

---

① 阿波马托克斯县府（Appomattox Courthouse），1865年4月9日，李将军率领的南军在此地向格兰特将军率领的北军投降，标志南北战争结束。距莽原之战发生的时间不到一年。

年后的将来里。

当李回到队伍后方时，“大苏尔第八志愿重度食根者”[①] 在那儿向他报到。他们周围的空气里充斥着植物根茎和帽贝的气味。“大苏尔第八志愿重度食根者”向他报到，正如秋天向北弗吉尼亚军团报到那样。

他们围在马的旁边，用惊奇的眼神盯着它，这是他们平生第一次见到马。其中一个印第安人分了个帽贝给“远行者”吃。

初次听说大苏尔的时候，我不知道它也是失落的美利坚联盟国的成员。这个过气的国家，就像一个转瞬即逝的念头，一盏灯影，或是那曾为千家万户所青睐、如今却无人再煮的食物。

后来还是通过一个截然不同的李先生，我才得见大苏尔的真面目。他就是这本书的军旗与战鼓，李·梅隆，一位立于废墟之中的邦联将军。

---

① 大苏尔第八志愿重度食根者（the 8th Big Sur Volunteer Heavy Root Eaters），作者虚构的团体。

李·梅隆的潮汐齿

在我们开始讲述这个军旅故事之前，还有一件重要的事，那就是聊聊李·梅隆的牙齿。它们是非提不可的。在我与李·梅隆相识的五年时间里，他嘴里的牙算起来或许有过 175 颗之多。

这是因为他在磕掉自己的牙这件事上天赋异禀，简直可以称得上是天才。有人说，约翰·斯图尔特·密尔[①]三岁就能读懂希腊文，六岁半就写成一部罗马史。

---

① 约翰·斯图尔特·密尔（John Stuart Mill，1806—1873），19 世纪英国著名哲学家、心理学家和经济学家，是西方古典自由主义的代表人物之一，著有《论自由》。

但李·梅隆牙齿的了不起之处在于，它们的位置十分奇特，并且随着李换上各种各样的假牙而不断变化着。这些假牙上可怜的牙齿总是待不多时就得离乡背井。一次我在集市街上遇见他，他的嘴里只剩左上腭的一颗牙。而数月后再见时，他就有了三颗右下齿和一颗右上齿。

一次我又见他刚从大苏尔回来，拥有四颗正面的上齿和两颗左下齿。而在旧金山待了几周之后，他就戴着一颗牙也不剩的上假牙床上街了。他之所以还戴着假牙床，只是因为一颗牙也不剩的假牙床也强过光秃秃的软骨，而且这样一来他的脸颊就不会塌进嘴里。

这牙之幻想曲在他身上反复上演，我早就适应了。所以现在每次见到他，我都会观察他的牙，据此了解他最近过得如何，是否在工作，看什么书，莎拉·蒂斯黛尔[①]还是《我的奋斗》[②]，以及最近和谁上床：金发的还是深褐头发的？

李·梅隆告诉我，进入现代以来，有那么一次，他的所有牙齿同时出现在了嘴里，并且这样保持了一整天。那天他开着拖拉机，在堪萨斯的一片麦田里来回穿梭。下齿的新假牙床感觉有点别扭，李就把它摘下来，放进上衣口袋里。后来那假牙掉到地上，倒车的时候拖拉机从上面碾了过去。

李·梅隆略带伤感地告诉我，假牙从上衣口袋里掉出来之后，他花了将近一个小时才找到它。不过等他找到的时候，那假牙早已不值得他费这番工夫了。

---

① 莎拉·蒂斯黛尔（Sara Trevor Teasdale，1884—1933），美国近代杰出抒情诗人。

② 《我的奋斗》（*Mein Kampf*），是纳粹德国元首希特勒口授，并由鲁道夫·赫斯执笔撰写的一本自传，集中体现了希特勒的民族主义与法西斯主义思想。

我与李·梅隆的初次见面

五年前，我在旧金山遇见李·梅隆。那是个春天，他刚从大苏尔搭便车来到这里。半路上，一个富基佬[①]停下来，让李·梅隆上了他的跑车。那富基佬给了李·梅隆十美元，要李对他爆粗口。

李·梅隆说“好啊”，然后他们停在一个偏僻处，路两边的树一直绵延至远处的群山，汇合在一片树林里。那片树林覆盖了群山之巅。

---

① 原文为 queer。queer 原意为“怪异的”，二十世纪早期，作为性少数群体的代称，被男性同性恋群体中较为阳刚的一类人用以自称。在二战后至二十世纪九十年代之间，queer 逐渐转变为贬义词，形容衣着绚丽、行为女性化、性向非主流的群体。

“您先请吧。”李·梅隆说，于是那富基佬领路，他们走到那些树中间。李·梅隆捡起一块石头，狠狠砸在富基佬的头上。

“哎哟！”那富基佬叫唤着倒在地上。那一定很疼，接着他开始求饶。“饶了我吧！饶了我吧！我只是个孤独的富基佬。我只想找些乐子，没伤害过任何人。”“少给我叽叽歪歪，”李·梅隆说，“把你所有的钱，还有车钥匙都交出来。所有这些，我无论如何统统都要，你这富基佬。”那富基佬给了李·梅隆二百三十五美元、车钥匙，还有他的手表。

李·梅隆并没有说要那富基佬的表，但他转念一想，生日就快到了，到时候他就二十三岁了。于是，李·梅隆接下那块表，收进了口袋。

那个富基佬正在享受他一生中最妙曼的时光。一个高大年轻、英俊潇洒、无牙的劫掠者，抢走了他所有的钱、车，还有他的手表。

日后向其他富基佬朋友提起，这会是个绝妙的故事。他可以展示自己头上的那个包，并指出他的表曾在的位置。

那富基佬伸出手，摸了摸头上的包。它正像一块烤饼那样膨胀着。那富基佬希望这个包能长久地保留在此处。

“我要走了，”李·梅隆说，“你给我在原地坐到明天早上。胆敢挪动一尺，我就到这里，用车在你身上碾几个来回。我早感人生无望，这世界上没什么比碾轧富基佬更让我开心的了。”

“明早之前，我绝不动。”那富基佬说。他这么做也可以理解，毕竟李·梅隆看起来确实不是什么善人，即便长得好看。

“我绝不挪动一尺。”那富基佬发誓。

“这才是个好富基佬。”李·梅隆说。后来，他将那辆车扔在蒙特雷，搭公交来到了旧金山。

我初次见到这个年轻的劫掠者时，他已用抢来的钱换了四天迷醉。他买来一瓶威士忌，与我钻进一条巷子里痛饮。这就是旧金山的作风。

李·梅隆跟我唠得昏天暗地，并且马上就成了好朋友。他说他在找地方住，口袋里还剩下一些富基佬的钱。

我说，在莱文沃思街我住的阁楼下面，有一间空房出租。于是李・梅隆说，你好啊，邻居。

李・梅隆知道不用担心那富基佬报警。“那富基佬说不定还在大苏尔那儿坐着呢，”李・梅隆说，“但愿他别饿死。”

奥古斯都·梅隆，美利坚联盟国

初次见到李·梅隆的那天，夜晚随着一滴滴图腾状的威士忌流走。黎明到来时，我们走在内河码头边，天正落雨。一切皆因海鸥而起，它那灰白的尖叫声，几乎如旗帜一般，与光竞逐着。那儿有一艘轮船，正要驶向某处。那是一艘挪威的船。

也许它要回到挪威去，载着一百六十三辆缆车的外壳，这是国际贸易的一部分。啊，贸易：一个国家与另一个国家交换商品，跟小学里一个样。他们用奥斯陆一个下着雨的春日早晨，换了旧金山的一百六十三个缆车外壳。

李·梅隆看着天空。有时候你初次见到某个

人，他会看着天空。他看了好久。“在看什么?”我说，因为我想做他的朋友。

“就看看海鸥，”他说，“那只。”并且指向一只海鸥。但我不知道究竟是哪只，因为那儿的海鸥太多了，它们的声音被召唤到黎明里来。之后的一段时间里，他一言不发。

是的，人可以思考海鸥。我们都疲劳不堪，宿醉未醒。人可以思考海鸥，这是件很简单的事……海鸥：过去、现在与未来，像鼓声一样传到天空。

我们在一个小咖啡馆停下，买了两杯咖啡。端来咖啡的是世界上最丑的服务员。我给她取了个名字：蒂尔玛。我喜欢这样。

我名叫杰斯。任何对她的描述在我看来都不恰当，但她似乎以自己的方式融入了那个咖啡馆，像从我们的咖啡中升起的、如光的水汽。

若是特洛伊的海伦在那儿，一定会显得格格不入。“特洛伊的海伦在这儿做什么?”某个码头工人会问，他是没法理解的。所以，蒂尔玛正是为了我们这种人而存在于此。

李·梅隆告诉我，他出生在密西西比州的默里迪恩市，在佛罗里达、弗吉尼亚和北卡罗来纳长大。“在阿什维尔附近，”他说，“那是托马斯·沃尔夫[①]乡。”

“是啊。”我说。

李·梅隆说话完全不带南方口音。“你没什么南方口音啊。”我说。

“没错，杰斯。我小时候读过不少尼采、叔本华和康德的书。”李·梅隆说。

大概那真的可以通过某种奇怪的原理，让人改掉南方口音。反正李·梅隆是这么认为的。我也无法与他争辩，因为我没有试过用德国哲学家来对抗南方口音。

“十六岁的时候，我悄悄溜进芝加哥大学，和

---

① 托马斯·沃尔夫（Thomas Clayton Wolfe，1900—1938），20世纪美国作家，生于北卡罗来纳州阿什维尔市。因此李·梅隆将阿什维尔称为托马斯·沃尔夫乡。

两位颇有修养的黑人女士住在一起，”李·梅隆说，“我们睡在同一张床上。那使我改掉了南方口音。”

“听上去确实能有这种效果。”我说，虽然我也不知道自己究竟在讲什么。

全世界最丑的服务员蒂尔玛走过来询问我们是否需要早餐。这儿的烤饼还不错，培根和鸡蛋也还行，能填饱肚子。“超好吃的哦。”蒂尔玛说。

我要了烤饼，李·梅隆要了烤饼、培根和蛋，接着又要了更多烤饼。他没怎么在意蒂尔玛，继续讲南方的事。

他告诉我，他曾住在一个邻近弗吉尼亚州斯波特瑟尔韦尼亚市的农场里，儿时曾花上许多时间，走览昔日莽原之战的战场。

“我的曾祖父就在那里战斗过，”他说，“他是个将军。一个邦联将军，而且是个很他妈好的将军。我是听着美利坚联盟国奥古斯都·梅隆将军的故事长大的。他在1910年去世，和马克·吐温同一年，那年有哈雷彗星降临地球。他是个将军，你听说过奥古斯都·梅隆将军吗?”

“没有，但这可真是了不得啊，”我说，“一位邦联将军……老天。”

“是啊，我们梅隆家的都以奥古斯都·梅隆将军为豪。某个地方有一座他的雕像，但我们不知道确切的位置。”

“我叔叔本杰明花了两年时间，试图找到那座雕像。他开着一辆旧卡车走遍南方，晚上睡在车厢里。那雕像可能在某个公园内，被葡萄藤覆盖了。人们没有给我们荣耀的烈士足够的尊重。我们伟大的英雄们。”

我们的盘子现在空了，就像一场还未被编造出的战争中的一次还未被构想出的战斗中的指令。我向世界上最丑的服务员道别，但李·梅隆坚持要买单。他端详了一会儿蒂尔玛。

或许这是他第一次看见她，而且我记得她把咖啡和早餐端来的时候，他也没有提到她。

“我给你一美元，换一个吻。”李·梅隆说。他将富基佬“石头敲脑袋”的十美元费用给了她，她正在找钱。

“好啊。”她说，既没有笑也没有感到难堪或张皇失措或是其他什么，就好像这桩“一美元亲李·梅隆生意”本就是她工作的一部分。

李·梅隆给了她一个大大的吻，两人没有流露出一丝笑意，没有人咧开嘴笑或是开怀大笑。他没有一点开玩笑的意思。我也加入其中。这件事再也没有被我们提起，它几乎滞留在了那个咖啡馆。

我们沿内河码头走着，太阳像记忆慢慢浮现，并逐渐将雨滴唤回这片天空。这时李·梅隆说：“我知道一个地方，能用一美元十五美分换四磅麝香葡萄酒。”

我们去了。那是鲍威尔街上的一家意大利老酒馆，勉强维持着经营。一排葡萄酒桶靠在墙边，店的中心是深不可测的阴影。我觉得这团阴影是从那些散发着基安蒂、仙芬黛和勃艮第[1]酒香的木桶中流出来的。

"半加仑麝香葡萄酒。"李·梅隆说。

开店的老头从身后的架子上取下一瓶酒，像一个奇怪的水管工一样，拭去酒瓶上一些不存在的灰尘。他已习惯卖酒这行当。

我们带着酒离开，一路前往瓦列霍街上的伊娜·库布里思[2]公园。她是一位诗人，与马克·吐温和布勒特·哈特[3]同属十九世纪六十年代，那是旧金山文学大复兴的时代。

---

① 基安蒂、仙芬黛、勃艮第（Chianti, zinfandel and Burgendy），皆为红葡萄酒的种类，基安蒂与勃艮第是产地名称，而仙粉黛则是酿制所采用的葡萄种类。

② 伊娜·库布里思（Ina Donna Coolbrith，1841—1928），美国诗人、作家，旧金山湾区文坛的杰出人物。伊娜·库布里思公园，位于伊娜·库布里思在旧金山俄罗斯山住宅区的居所附近，为纪念这位女诗人而建。

③ 布勒特·哈特（Bret Harte，1836—1902），美国短篇小说家，西部文学的代表作家。以描写加利福尼亚州的矿工、赌徒、娼妓而负盛名。

伊娜·库布里思在奥克兰做了三十二年图书管理员，也是最早将书本递到少年杰克·伦敦[①]手中的人。她生于1841年，于1928年去世，“深受人们喜爱的加利福尼亚桂冠诗人”，而她也正是那个在1861年被丈夫枪击的女人。他没能命中目标。

“敬奥古斯都·梅隆将军，南方骑兵之花，战场雄狮！”李·梅隆一边说着，一边将那四磅麝香葡萄酒的盖子打开。

我们在伊娜·库布里思公园里，一边喝那四磅麝香葡萄酒，一边顺着瓦列霍街眺望远处的旧金山湾，看阳光在水面闪耀，一艘满载轨道列车的货船正穿过海湾驶往马林镇。

“多么伟大的战士。”李·梅隆说着，饮尽被称作“绝境”的最后一盎司酒。

我对南北战争多少有点儿兴趣，在新朋友的

---

① 杰克·伦敦（Jack London，1876—1916），美国现实主义作家，代表作有《野性的呼唤》《狼的儿子》等。

刺激下，我说："我知道一本书，记录着所有邦联将军的信息，四百二十五个将军的都有，"我说，"这本书在图书馆那边。让我们看看奥古斯都·梅隆将军在战时都干了什么好事吧。"

"好主意，杰斯，"李·梅隆说，"他是我的曾祖父，我想了解关于他的一切。他是战场上的一头雄狮。奥古斯都·梅隆！为他在内战中的英雄事迹欢呼吧！万岁！万岁！万岁！万岁！"

每人两磅二十度的麝香葡萄酒：四十美制酒度[①]。喝了一夜威士忌，我们都还摇摇晃晃的。这样合计起来就是两磅麝香葡萄酒，翻倍，平方，再变为图像。这些计算都可以由电脑完成。

我们走进图书馆，管理员看了我们一会儿，

---

① 美制酒度（Degrees of proof US），美国与加拿大使用的酒精度单位，用 proof 表示，2 美制酒度等于 1 标准酒度，以文中的酒为例，40proof＝20％Vol。

从书架上找出一卷书：埃兹拉·约瑟夫·华纳[①]编写的《穿灰色军装[②]的将军》。这本书收录了四百二十五位将军的传记，按照字母顺序排列。我们将书翻至奥古斯都·梅隆将军应该在的位置，而图书管理员正纠结是否应该报警。

我们在书页的左侧看到了萨缪尔·贝尔·马克西将军，他的故事大概是这样的：

> 萨缪尔·贝尔·马克西，1825 年 3 月 30 日生于肯塔基州汤普金斯维尔镇。他毕业于西点军校 1846 级班，因在美墨战争[③]中表现英勇获得晋升。1849 年，他辞去职务学

---

① 埃兹拉·约瑟夫·华纳（Ezra Joseph Warner，1910—1974），美国著名南北战争史学家，曾编写多本有关南北战争的传记作品，杰斯所说的《穿灰色军装的将军》正是其中一本。

② 南北战争时期，南方邦联军着灰色军装，北方联邦军着蓝色军装。

③ 美墨战争：指 1846 年至 1848 年在美国和墨西哥之间爆发的一场关于领土控制权的战争。

习法律，并于1857年和他同为律师的父亲一起迁往得克萨斯州。在那里，他们成为工作伙伴，直到内战爆发。后来他放弃自己在得克萨斯州参议院的席位，组织起得克萨斯第九步兵团，并以上校的军衔加入了艾尔伯特·西德尼·约翰森在肯塔基的军队。1862年3月4日，他晋升为准将。此后，他在约瑟夫·埃格尔斯顿·庄士敦将军[1]手下效力，服役于田纳西州东部哈德逊港，并参与了维克斯堡战役[2]。1863年12月，马克西

① 约瑟夫·埃格尔斯顿·庄士敦（Joseph Eggleston Johnston，1807—1891），美国军事将领，在美墨战争和塞米诺尔战争中表现优异，弗吉尼亚州脱离联邦后进入南方邦联军队任高级军官。

② 维克斯堡战役（Siege of Vicksburg），1862年11月至1863年7月发生于密西西比河畔小城维克斯堡的战斗，是南北战争的重要转折点。

被任命为印第安人区[1]的行政官，他带领当地部队参与雷德河战役[2]，并因他对这支部队强有效的重新部署，于 1864 年 4 月 18 日被柯比·史密斯将军赋予少将级别的职务。然而在此之后，总统却并没有授予他这等军衔。战争结束后，马克西将军回到得克萨斯州帕里斯市从事法律工作， 1873 年他拒绝了州法官席位的任命。两年后他获选进入美国联邦参议院，任职两年，后在 1887 年的选举中落选。他于 1895 年 8 月 16 日在尤里卡斯普林斯去世，葬于得克萨斯州帕里斯市。

---

① 印第安人区（Indian Territory），美国政府用于安置被强行迁移的印第安原住民的区域，位于美国中部，其大概边界由美国 1834 年通过的《印第安交流法》确定。此行政区划已于 1907 年废除。

② 雷德河战役（Red River Campaign），美国南北战争中从 1864 年 3 月 10 日至 5 月 22 日在路易斯安那州雷德河地区发生的一系列战斗，联邦军试图夺取路易斯安那、阿肯色、得克萨斯等重要产棉州，但遭到失败。

在这一页的右侧我们看到了休尔·温杜·摩塞将军[①]，他的故事是这样的：

休尔·温杜·摩塞，革命将军休尔·摩塞之孙，1808 年 11 月 27 日出生于有“哨亭”之称的弗吉尼亚州弗雷德里克斯堡。他以第三名的成绩毕业于西点军校 1828 级班，后被派驻到佐治亚州萨凡纳，并与当地的一位女士结婚。1835 年 4 月 30 日，他辞去职务，在萨凡纳定居。从 1841 年后至内战爆发前，他曾在当地的种植主银行中任出纳员。佐治亚州脱离联邦不久，他加入邦联军，任佐治亚第一志愿军上校。1861 年 10 月 29 日，他晋升为准将。战争扩大后，摩塞将军率领一个由三个佐治亚团组成的旅坐镇萨凡纳。他和他的旅也参与了 1864 年的亚特兰大

① 休尔·温杜·摩塞（Hugh Weedon Mercer，1808—1877），美国南北战争中南方邦联军队准将。

战役[①]，一开始他们被编入威廉·亨利·沃克[②]的师，后来又转入克利本[③]的师。考虑到身体状况不佳，他在琼斯博罗之战[④]后离开战场，跟随哈迪将军[⑤]回到萨凡纳。战后，他于1865年5月13日在佐治亚州梅肯获得保释，次年返回萨凡纳从事银行业务。1869年迁往巴尔的摩，从事了三年代理商工作。后来，他的身体状况进一步恶化，生命的最后五年在德国的巴登-巴登市度过。1877年

---

① 亚特兰大战役（Atlanta Campaign），美国南北战争中西部战区发生的一场重要战役，战役于1864年5月爆发，一直持续到9月，以联邦军的大获全胜并夺取亚特兰大告终。

② 威廉·亨利·沃克（William Henry Talbot Walker，1816—1864），美国南北战争时期南军将军，多次在战斗中负重伤，在1864年爆发的亚特兰大战役中阵亡。

③ 克利本（Cleburne），得克萨斯州的一个城市。

④ 琼斯博罗之战（Battle of Jonesboro），1864年8月31日至9月发生，是亚特兰大战役中的一场战斗。

⑤ 威廉·约瑟夫·哈迪（William Joseph Hardee，1815—1873），美国南北战争时期南军将军，出生于佐治亚州萨凡纳。

6月9日，他在巴登-巴登去世，遗体被送回萨凡纳，安葬于博纳文图拉公墓。

可是中间的这栏里并没有奥古斯都·梅隆将军，他显然是趁着夜色悄悄撤退了。李·梅隆十分崩溃。图书管理员正紧张地观察着我们，她的眼睛上像是长了一副眼镜似的。

“这不可能，”李·梅隆说，“这绝对不可能。”

“或许他是个上校，”我说，“南军有过很多上校，上校也挺好的嘛，你知道，南军上校之类的，上校什么什么鸡块。”我是想让他好过一点，毕竟丢了一个将军，换来一个上校亲戚，还是挺大打击的。

或许他其实是个少校或者中校。当然，我没有提起少校或者中校，我可不想把他惹哭。图书管理员还在看着我们。

“他在莽原上奋战过。他真的，就……非常伟大啊，”李·梅隆说，“他仅一击就砍下了一个北佬上尉的头。”

“那是挺厉害的，”我说，“他们说不定只是漏掉了他。犯了个错误而已。某些记录被烧毁了，或者其他什么事情发生了，有很多不确定的因素。说不定是这个原因。”

“那是肯定的，”李·梅隆说，“我知道我家里有过一位邦联将军。一定有过一位梅隆将军在战场上浴血拼杀，为了他荣耀的国家……我们亲爱的南方联盟。”

“那是肯定的。”我说。

图书管理员拿起电话了。

“我们走吧。”我说。

“好，”李·梅隆说，“你相信我家里曾有一位邦联将军吗？你一定要相信我。我家里有过一位邦联将军！”

“我保证。”我说。

我能读出图书管理员的唇语，她在说：“你好，是警察吗？”这是我的绝活。

我们匆匆走到外面，顺着街道，走入旧金山的屋宇间，寻找不知名的庇护所。

“向我保证，到死你都会相信有一个姓梅隆的邦联将军。这是事实。那本该死的破书骗人！我家有过一位邦联将军！”

“我保证。”我答应他，并且遵守了这个诺言。

大本营

1

我给李·梅隆安排的住处，因其自身奇异的特质，正是一位邦联将军的理想居所，尤其是一位刚刚在太平洋上的树林里参加过一场遭遇战的邦联将军。

房东是一位友善的中国牙医，可惜房子前厅漏雨。雨水穿过一个破碎的天窗，灌进前厅，使硬木地板卷曲起来。

每次那位牙医来访，他总是在西服外面套上一件工装背带裤。他把这件衣服放在他称作“工具室”的那间屋子里，但其实里面并没有什么工具，只有一条工装裤挂在钩子上。

他穿上工装裤只是为了收租，那是他的制服。或许曾经，他也是一位士兵。

我们向他指出屋顶漏雨的地方，还有地上的一个长长的水洼，雨水顺着它一路哗哗地涌到房子后面的公共厨房。但他不为所动。

“那就这样吧。”他一边坦然地说，一边脱下他的工装裤，把它挂进他的“工具室”里，然后平静地离开了。

说到底这还是他的房子，他拔了上千颗牙才得到这么个地方。他显然希望那个水洼留在原先的位置上，而我们又不能和便宜的房租过不去。

2

一年前的春天，李·梅隆将这座老房子正式定为他的旧金山大本营。在那之前，这里住着一群有趣的房客。我独自住在阁楼上。

阁楼正下方的房间里曾住着一位六十一岁的退休音乐老师。他是个西班牙人，旧时代的传统和做派，像追逐风向标一样在他身边旋转。

他用自己的方式，担任着管理员的角色。他抢占了这个职位，就像有人在下雨天看见地上有件衣服，觉得尺寸正好，晒干以后应该挺时尚的。

我搬进阁楼的第二天，他到楼上来，说我制造的噪声快把他逼疯了，让我收拾好行李赶紧离开。他告诉我，当初他把房间租给我时，没想到我的脚步声竟然这么重。他低下头看着我的脚说："它们太重了。它们得离开。"

从这个老家伙那里租下这间房时，我也不知道这回事。阁楼似乎已经空置多年。过了这么多年安宁恬静的生活，他可能还以为那上面是一片草地，温暖柔和的风从野花间吹过，小鸟挂在溪边的树上。

我用一张莫扎特唱片贿赂他的耳朵，某首圆号协奏曲，就这样搞定了他。"我喜欢莫扎特。"他说。这立刻减轻了我的负担。

他对着唱片微笑，唱片也回以笑颜。我能感觉到双脚开始变轻，现在我只有十七磅多一丁点儿重。我像一棵巨大的蒲公英，飘舞在他的草地上。

在得到莫扎特的一周后，他前往西班牙度假。虽然他只离开三个月，但我的脚仍要在安静之路上继续行走。他说就算他不在这儿，他也有办法知道。听起来挺玄乎的。

结果，他的假期比他预想的稍长了一些，因为他在返回纽约的路上就去世了。他死在了船的步桥上，距离美国仅仅几步之遥。他没能挺过来，不过他的帽子倒是回来了。它从脑袋上滑落，滚下了步桥，噗的一声，降落在了美国。

这可怜的老魔头。我听说是他的心脏出了问题，但那个中国牙医对这件事的描述，让人觉得问题关键说不定在他的牙齿上。

虽然李·梅隆数月之后才会出现在这里，他的旧金山大本营却已经有了保障。老头子的东西被搬走，他的房间现在空了出来。

3

二楼还有另外两个房间，其中一个住着蒙哥马利街的街道干事。她早出晚归，周末也从来不见人影。

我觉得她是一个小型剧团的成员，大部分的空闲时间都在排练和演出。你也可以有别的想法，反正答案无从知晓。她的腿如少女般天真而修长，所以我就姑且当她是个演员吧。

我们所有人共用二楼的一间浴室。但在我入住的那几个月里，她对此十分抗拒。

4

二楼的另一个房间住着一个总是在早上说“你好”，在夜里说“晚安”的人。他真是个好人。二月里的一天，他到公共厨房里，烤了一只鸡。

他花了几个小时，把肉汁不断浇到鸡上，准

备了一顿大餐。这件事有许多栗子和蘑菇可以做证。大功告成之后，他把烤鸡带上楼去，从此再也没有用过那个厨房。

不久之后，我想是从某个周二开始，他不再在早上说“你好”，也不再在夜里道“晚安”。

5

在房子一楼正面有一个房间，窗子紧临街道，窗帘总是关着。一个老太婆住在那间房里。她八十四岁，靠每月三十五美分的政府补助，过着还算舒坦的日子。

她老态龙钟的样子，让我想起儿时一本漫画书里的人物：沼人[①]。它本是二战中的德军飞行员，在战斗中被击落，负重伤在沼泽里躺了数月，

---

① 沼人（The Heap），美国希尔曼出版社（Hillman）推出的漫画角色。初见于 1942 年 12 月 1 日出版的《空军漫画》（*Air Fighters Comics*）第三期。

渐渐被某种神秘液体转化成了一个八分之七植物八分之一人的玩意儿。

沼人就像一堆破烂的甘草一样四处游荡，伸张正义。当然，子弹对它是没有威胁的。沼人消灭反派的方式是给他们一个大大的拥抱。它不会像经典的西部英雄那样，骑着马消失在夕阳中，而是慢吞吞地趟进沼泽地里。那老太婆就长这个样子。

她用每月三十五美分的政府补助付完房租后，剩下的钱正好够买面包、茶和芹菜根，这些都是她赖以为生的主要物资。

有一天，出于好奇，我翻开一本由“美国美食女神”阿黛尔·戴维斯撰写的名叫《一起食养保健康》的书，查找关于芹菜根的资料，想知道人如何能靠这东西养活自己。答案是，这行不通。

100 克芹菜根中除了 2 毫克的维生素 C 外，不含有任何其他维生素。至于矿物质，它含有 47 毫克钙、71 毫克磷以及 0.8 毫克铁。要想造出一艘战舰，需要用去大量芹菜根。

作为它在《一起食养保健康》中的压轴好戏，100 克芹菜根还含有 3 克蛋白质和充满戏剧性的 38 卡路里能量。

那老太婆的房间里有一个烤盘，她一直在那里“做饭”，从不用公共厨房。小房间里的烤盘就是这个国家几百万老年人的秘密之花。朱尔斯·拉弗格①写过一首关于卢森堡花园的诗。那个老太婆的烤盘与这首诗可是截然不同。

虽然如此，她的父亲曾经是十九世纪一位富有的医生，并且抢先获得了一些神奇的美国电器在意大利和法国的特许经销权。

她也想不起来是什么电器，但她的父亲因获得特许经销权而十分自豪，看着一箱箱货物从船上卸下来，一时风光无两。

---

① 朱尔斯·拉弗格（Jules Laforgue，1860—1887），法国象征主义和印象派诗人，他追随叔本华的悲观主义，其诗歌的主要基调也是悲观的。他的诗歌对埃兹拉·庞德和 T. S. 艾略特的文学作品有着很大影响。

不幸的是，为了卖出这些电器，他花光了所有的钱。似乎除了他，没有人想把这些东西领进家门。人们都害怕它们，觉得它们会爆炸。

她自己曾是一位美丽的姑娘。她有一张身穿长裙的照片，领口很低，肩膀裸着。她的胸部、她的天鹅颈和她的脸蛋，看起来都挺可爱的。

后来她成了一名家庭教师，教意大利语、法语、西班牙语和德语这些相邻国家的语言。但现在，沼人般的衰老皮囊已使她面目全非。她的余生处于芹菜根的暴政之下，偶尔才能吃上一片肉。

她没有结过婚，但我还是称她为太太。我喜欢她，有一次还送给她一瓶酒。如今已时隔多年了。她没有任何朋友或亲人留在世间，那瓶酒，她喝得很慢。

她说那是瓶好酒，其实并非如此。随后，她讲起父亲的葡萄园和园里葡萄酿成的酒。美酒源源不断，直到葡萄藤随着数千无人问津的美国电器枯萎。

她告诉我，那座葡萄园坐落在临海的一座小

山丘上，她喜欢在临近傍晚时去那里，漫步在一架架葡萄投落的阴影下。那就是地中海。

她的房间里，有很多装满旧物的大箱子。她取出一本意大利红十字会出版的插图本，里面全是医院。书的封面上有一张墨索里尼的照片，不过要认出他有些困难，因为他没有倒挂在灯柱上。她告诉我，他是个伟人，只是做过火了。“永远不要和德国人做生意。”她说。

她常常大声地念叨，在她死后，那些东西会怎么样呢？一些画着小人的盐罐和黑胡椒罐，一匹褪色的布。八十四年来，没人有时间用这匹布做条裙子或是窗帘。

他们会把这些东西塞进芹菜根里，想办法用芹菜根造出一艘战舰，然后她的东西将会在波浪间远航。

6

公共厨房的位置在房子一楼的背面。有一间

很大的屋子，自带通往厨房的入口。在退休音乐老师去西班牙之前，那里住着一位安静而刻板的中年女人。她总把通往厨房的门开着，就好像公共厨房是她自己的厨房，不知道那些陌生人在里面做什么。她总是在厨房里进进出出，盯着里面的人。我喜欢在煮我的辛酸光棍餐时保持独处，但她总是看着我。我不喜欢这样。谁会想让一个一声不吭的、刻板的中年女人，看着你把一罐牛肉和一碗面汤煮来当作晚餐呢？

毕竟那是个公共厨房。她在里面煮饭的时候，把门开着无可厚非。但当我做饭的时候，我认为她应该把那扇门关上，毕竟那是个公共厨房。

当那个退休音乐老师还在纽约忙着去世时，这个女人搬走了。后来三个女孩儿住进了这个房间。其中一个挺漂亮的，一头金发，身材健美，另外两个是丑女。

那个漂亮的女孩身边簇拥着各种各样的男人，由于她没法应付这么多人，其他两个女孩也分得了不少关注。

我已经不止一次地注意到这种模式了。如果一个美女和一个丑女住在一起，就算你与美女无缘，她所唤起的情欲也足以让你接受那个丑女了。这样一来，很多动手动脚的业务就转移到丑女那里了。

厨房旁的那个房间变成了一座爱巢。女孩们是从华盛顿州东部的一个大学来的，一开始她们只关注在校或刚毕业的大学生，大多是些嘴上没毛的小伙子。

后来，随着这些女孩变得更加成熟，逐渐适应大都市悸动的脉搏，她们的目光也逐渐转向了公交司机。

说来好笑，因为有很多司机在这附近晃荡，穿着他们的制服朝女孩献媚，这里看上去就像是一个车棚。

我做饭时，常会有四五个公交司机坐在厨房里，看着我煎汉堡。其中一个漫不经心地按压着

他的转移冲头[1]**。**

---

[1] 转移冲头（Transfer Punch），一种钻孔用具，整体呈细圆柱体笔状，一端有锥形尖刺，用以将已知的一个圆孔复制到另一处。

对太平洋煤气电力公司的一次大胆的骑兵突击

在李·梅隆搬到莱文沃思街，住进我楼下的房间几周后，我从梦中苏醒，看了看四周。这片草地正迅速消亡。草已经变成棕色，小溪接近干涸，花朵也不见踪影，树栽倒在地。自从老头子死后，我再没有见过一只鸟或其他动物。它们离开了。

我决定下楼，把李·梅隆叫醒。我从床上爬起来，穿好衣服，下楼来到他的房间，敲了敲门。我本打算和他一起去喝杯咖啡或其他什么的。

“请进。”李·梅隆说。我推开门，李·梅隆正和一个女孩在床上缠绵。他们纠缠的脚从床的一端伸出来，他们的头从另一端伸出来。一开始我以为他们在做爱，但后来发现并没有。不过我也没迟到多久，这房间闻上去就像丘比特的健身房一样。

我在原地站了一会儿，然后关上门。

“这是苏珊，”李·梅隆说，“这是我兄弟。”

“你好。”她说。

窗帘被拉上了，但屋外太阳很大，把整个房间涂成金色。房间里，东西被丢得到处都是：书本、衣服和水瓶制造出一种精心布置的混乱。它们是地图，指向即将到来的战争。

我与他们聊了几分钟。大家决定下楼，去公共厨房吃早餐。

我先到走廊里，等他们换好衣服，然后我们一起下楼。那女孩边走边将上衣塞进裤子里，李·梅隆懒得把鞋带系好，他们猛地摔倒，像蚯蚓一样滑下了楼梯。

女孩煮了早餐。有趣的是，我至今都记得她煮了什么：炒蛋配大葱和奶油干酪。她还做了一些全麦吐司和一壶不错的咖啡。她十分年轻又充满活力，脸蛋和身体都很漂亮，就是有点超重。应该说丰满才对，那不过是婴儿肥。

她兴奋地谈起约翰·斯坦贝克的小说《胜负未决的战斗》（*In Dubious Battle*）[①]。“那些可怜的采果工人啊。”女孩说。李·梅隆应和着她。早餐后，他们上楼去探讨未来。

我前往市中心，到市场街上的“跳蚤宫”[②]去看三部电影。这是我的坏习惯，偶尔我会有种欲望，想要看一群又大又平的人在一个巨大的光幕里爬来爬去，就像虫子在龙卷风那肠子似的云柱里爬行，希望以此来扰乱我的感官。

我混入那里的人群，那些找不到女人的水手、把影院当作日光浴室的老头子、行动困难的幻想

---

① 约翰·斯坦贝克（John Steinbeck，1902—1968），20世纪美国著名作家，代表作品有《人鼠之间》《愤怒的葡萄》等。《胜负未决的战斗》是他发表于20年代的作品，是一部描写加州采果工人罢工的现实主义小说。

② 美国俚语称电影院为“跳蚤宫”（Flea Palace）。

家和病恹恹的穷人，他们前来接受诊疗：欣赏一对卢西塔尼亚[1]乳房亲吻一副钛制假牙。

我找到三部对我胃口的电影：一部怪兽电影《救命!》、一部牛仔电影《砰！砰!》、一部十分店[2]言情电影《我爱你!》，并在一个盯着天花板的男人身边找到了一个座位。

女孩和李·梅隆待了三天。她十六岁，来自洛杉矶，是个犹太教徒。她的父亲在洛杉矶经营家电生意，被尊为塞珀维达大道的冰箱大王。

第三天将尽的时候，他来了。女孩好像是从家里跑出来的。把身上仅剩的钱都花光后，她打电话给爸爸，告诉他，她现在和一个男人住在一起，他们需要钱。她把这里的地址告诉父亲，让他寄些钱来。

---

① 卢西塔尼亚（Lusitania），罗马帝国的一个行省，在今日的葡萄牙及西班牙西部。

② 十分店（Dime Store），一种廉价商店，可用于形容某物廉价。

女孩的父亲在将她带走之前，和李·梅隆聊了几句。他对李·梅隆说他不想因为这件事惹上什么麻烦，还让李·梅隆保证再也不与她相见。他给了李·梅隆二十美元，李·梅隆说多谢。

冰箱大王说只要他愿意，他可以把李·梅隆的屁股放在火上烤，但他不想闹出丑闻。“只要你不和她见面，什么都不会发生。”

“当然，”李·梅隆说，“我明白。”

“我不想惹麻烦，你也不想惹麻烦。我们就当这件事没发生过。”她父亲说。

“嗯哼。”李·梅隆说。

冰箱大王把她的女儿带回了洛杉矶。对她来说，这算得上一次不错的冒险，虽然她的父亲在车里扇了她一巴掌，还管她叫“异教婊”。

不久之后，李·梅隆因付不起房租搬离了他的房间，转而围攻奥克兰。这场寒酸的围攻维持了数月，其间仅仅发动了一次攻势，对太平洋煤气电力公司的一次大胆的骑兵突击。

李·梅隆住在朋友空置的房子里，这位朋友

现在是加利福尼亚一家乡村精神病院的 C 级乒乓球冠军。所谓 A、B、C 级是按照病人接受电击治疗的次数划分的。1937 年，这位朋友的母亲因为在屋里养鸡被带走时，煤气和电就被切断了。

李·梅隆当然没钱让他们恢复供应，所以他挖到了煤气主管道，在上面钻了个孔。这样一来他就有办法煮东西和取暖，但是他无法完全控制它。于是，每一次他用简陋的临时阀门打开煤气，把火柴放到煤气下时，那里就会喷出一柱六英尺高的蓝色火焰。

他找到一盏煤油灯，解决了照明问题。他有一张奥克兰公共图书馆的借书卡，这又解决了娱乐问题。他用人们说“我在读俄国文学”的那种郑重其事的语气读着俄国文学。

他只有一点钱，所以家里没多少食物。李·梅隆不想找工作，因为围攻奥克兰本身就很艰难了。因此，多数时间他都在饥饿中度过。虽然如此，他还是不愿放弃他的电气保障。他需要为他的食物奋战：在街上乞讨，在餐馆的后门徘徊，四处游荡寻找掉在水沟里的钱。

在他进行漫长围攻的同时，他戒了酒，也不再对女人感兴趣。有一次他对我说，“我已经五个月没有上床了。”他用一种陈述事实的方式说出这件事，就像在谈论天气一样。

你觉得会下雨吗?

不，怎么会呢?

一天早晨，苏珊来到莱文沃思街，对我说，“我必须见李·梅隆。这很重要。”

我看得出这很重要，她表现出了这件事的重要性。数月怀胎已经使她的腰腹鼓了起来。

“我不知道他住在哪里，”我撒谎，“他忽然不告而别，也没留下什么地址，”我撒谎，“我也想知道他在哪里。”我撒谎。

“你在附近见过他吗?”

“没有，”我撒谎，“他就这么消失了。”我撒谎。

我不能告诉她，他正在奥克兰过着贫困的生活。他唯一的慰藉就是挖到了煤气主管道，不过这也使他收获了其他没那么好的成果：一柱六英尺高的蓝色火焰。他的眉毛就此不复存在了。

“他就这么消失了，”我撒谎，“大家都想知道他去哪里了。”我撒谎。

“好吧，如果你在什么地方碰到他，告诉他我必须见他。这很重要。我现在待在哥伦布大道上的圣杰罗尼莫酒店，34 号房。”

她把这些全部写在一张纸上递给我。我把它塞进口袋。她看着我把它塞进口袋。甚至在我把手从口袋里拿出来之后，她还在盯着那个纸条，虽然它在一把梳子的后面，一卷糖果纸的旁边。我敢打赌，她可以说出我口袋里有哪种糖果纸。

第二天我见到了李·梅隆，他到市区来了。他搭了九个小时的便车，才从奥克兰来到旧金山，看起来邋里邋遢的。我告诉他苏珊的事，还有她如何渴望见到他。我告诉他，她的体态看上去像是怀孕了。就我看来，她确实怀孕了。

“事情总是这样的，”李·梅隆淡漠地说，“我也无能为力。我饿了，你这儿有什么吃的吗？三明治、鸡蛋、意大利面或是其他什么？随便什么能吃的？”

李·梅隆再也没有提过苏珊，我当然也没有再提起这个话题。他又在奥克兰那里待了几个月。

他试过把偷来的电烙铁当了。他花了一整天的时间走访一家又一家当铺，没人想要。李·梅隆看着这块烙铁，它慢慢地变成一只发霉的独脚信天翁。他把它包在报纸里，扔在车站的长椅上，看起来就像一团垃圾。

典当失败带来的幻灭感，终于使他结束了对奥克兰的围攻。第二天他就拔营，撤回了大苏尔。

那女孩还在圣杰罗尼莫酒店住着。因为不开心，她越变越大，像一个蘑菇和甲状腺肿的杂交体。

每次见到我，她都焦急地问我是否见过李·梅隆，我每次都谎称没有，我们都对他的消失感到疑惑不解。除此之外我还能说什么呢？可怜的女孩儿。我只能屏住呼吸告诉她……没有。

我又撒谎说没有，反复说没有没有没有没有

没有没有没有没有没有没有没有没有没有没有没有没有没有没有没有。我重复着没有没有没有没有没有没有没有没有没有没有没有没有没有没有没有没有见过李·梅隆。他就这么从地表消失了。

她的父亲，塞珀维达大道的冰箱大王，与她断绝了关系。一开始他主张去蒂华纳，找一家有着精致装修的诊室和像雪佛龙加油站一样干净的手术室的堕胎医院。她说不，她要把孩子留下。他让她滚出去，别再回洛杉矶，并承诺每月给她一些钱。孩子生出来之后，她送给别人收养。

十七岁这年，她成了北滩的名人。她很快体重超过一百磅，变得庞大而丑陋。一层层脂肪堆积在她身上，就像地质构造图。

她决定做一名画家，聪明的她发现谈论绘画要比真正下笔容易多了。所以她总去酒吧，谈论诸如梵·高之类的天才画家。还有另一个画家她也总是提起，不过我忘记了他的名字。

她还学会了抽雪茄，并且变得狂热地反德。她抽着雪茄，说所有德国男人都该被缓慢地阉割，孩子应该被埋进雪里，女人应该被发配去盐矿，用她们的眼泪产盐。

生下孩子很久之后，在街上遇见我，她会走过来，准确地说是像鸭子一样晃过来，问我是否见过李·梅隆。我总是说没有。一段时间之后，这成了我们之间的一个玩笑，因为她知道我一直在说谎。而且她自己也看到过李·梅隆，发现了实情，早已不在乎了。可她还是问我，“你见过李·梅隆吗？”但现在是她在撒谎，我们的位置已经互换。“没有，我没见过他。”现在我可以实话实说了。

有几年她生孩子上瘾，把自己变成一座婴儿工厂。总是有人愿意和肥婆上床的。孩子一生下来，她就送人收养。这是她打发时间的一种方式，但后来她也慢慢厌倦了。

我想她现在应该二十一岁，像个古董，她作为北滩名人的日子也一去不返了。她不再去酒吧，不再谈论天才画家和邪恶的德国人，她甚至戒了雪茄。现在她整天看电影。

每天，她用轮椅把一层层已经变得壮观的脂肪推进影院，随身还带着四五磅的食物，以防一场暴风雪突然从银幕里呼啸而出，把小卖部冻得像南极大陆一样结实。

有一次我和李·梅隆在街角聊天，她朝我走过来。“你见过李·梅隆了吗？”她撒谎道，脸上带着灿烂的笑容。

“没有。”现在我可以实话实说了。

李·梅隆对我们的小把戏没什么兴趣。他说：“绿灯亮了。”他穿着灰色的军装，腰间的剑在我们过街时咔嚓作响。

第二部

与李·梅隆在大苏尔参加运动

往来信件

去信

1

李·梅隆
存局候领
大苏尔
加利福尼亚

亲爱的李·梅隆:

在大苏尔一切还好吗?旧金山这儿糟透了。我痛苦地发现爱情会像蜜蜂一样,在肚子里的隐秘通道飞行。但它们变质了,变得像伊萨克·巴别尔[①]在《红色骑兵军》（*Red Cavalry*）里描写的那样。

蜂巢被士兵炸毁后，蜜蜂不知所措。“神圣蜜蜂共和国”被摧毁，只剩下无序和碎片。蜜蜂绕着圈子，在空中死去。

这就是我的肚子里正在发生的事情，一派残破不堪。我得想办法摆脱这些。这封信有些情绪化，请见谅，但我现在一塌糊涂。

谨上

杰斯

回信

1

太棒了！为什么你不到我这儿来呢？我什么衣服也没穿，刚刚还看见一头鲸鱼。这里有很多

---

① 伊萨克·巴别尔（Isaac Babel，1894—1940），苏联短篇小说家，代表作短篇小说集《红色骑兵军》。

空间任我们随意支配。带点儿喝的来，威士忌！——一如既往忠实的，李·梅隆。

去信
2

李·梅隆

存局候领

大苏尔

加利福尼亚

亲爱的李·梅隆：

我爱上了一个女孩儿，现在生活简直就像加了洋葱的地狱一样。我很愿意去大苏尔，我从没去过那里。

你说你不穿衣服，还有鲸鱼，是什么情况？

谨上

杰斯

回信
2

就是我刚才说的——没穿衣服和一头该死的鲸鱼！你难道嗅不到大苏尔“海滨山艾树味”的空气吗？先生，您是没有情感的人吗？难道还要我给你的鼻孔画幅画吗？让那婆娘滚去月球，然后带上我要的威士忌过来，我们一起抓鲍鱼，在悬崖上撒尿。——一如既往忠实的，李·梅隆。

去信
3

李·梅隆

存局候领

大苏尔

加利福尼亚

亲爱的李·梅隆：

我得摆脱这个女孩儿。这件事就没一点好处。她已经漂离我的肚子，开始进攻我的肝脏了。你那儿有抵挡风雨的场所吗？我的意思是，你的头上有屋顶吧，老兄？

谨上

杰斯

回信
3

我肏！别把你自己搞得可怜兮兮的。你知道我对女人的态度是什么样的——肏她们/甩她们。这儿当然有他妈的屋顶。你以为我住在什么地方，兔子窝吗？这和在奥克兰的时候不一样，那时我读俄国文学，需要合适的氛围。这里有四间房子，就只有我一个李·梅隆。今天早晨，我看见一头郊狼穿过山艾树丛，就在海的边缘——下一站中国。那头郊狼的举动就好像身在新墨西哥或是怀俄明，只是脚下有鲸鱼游过。这就是这个国家为你提供的好处。到大苏尔来，让你的灵魂到骨髓外走走。—— 一如既往忠实的，李·梅隆。

去信
4

李·梅隆

存局候领

大苏尔

加利福尼亚

亲爱的李·梅隆：

没有任何言语能形容这个女孩儿给我带来的伤痛。她已经折磨我一周了。

“神圣蜜蜂共和国”朝着大海流去。

没想到这种事会发生在我身上。我感到极度彷徨。你的这些小屋里有暖炉吗？

谨上

杰斯

回信 4

当然，屋里当然有暖炉！每一间里都有好几个暖炉。狠下心甩了那娘们吧，别让她把你的蛋蛋鞣制了，做成皮包。叫她赶紧起飞滚去月球，告诉她你要去大苏尔，让你的灵魂在自由的郊狼营里快活一番。告诉她你住的小屋里会有很多暖炉，里面烧的全是威士忌，就算天堂冻结暖炉都不会熄灭。——一如既往忠实的，李·梅隆。

去信 5

李·梅隆

存局候领

大苏尔

加利福尼亚

亲爱的李·梅隆:

我和那个女孩儿的关系开始渐渐修复了。过去的几天令人很愉快。或许我去大苏尔的时候会带上她。

她的名字是辛西娅。我想你会很喜欢她。

另外,你的上一封信显露出一种萌芽中的文学风格。

谨上

杰斯

回信
5

让文学给你点儿品位吧!我肚子里全是鹿肉、饼干和肉汁。辛西娅?别胡扯了,浑蛋!

辛西娅?你写这些酸溜溜的长信,就是为了

辛西娅？你真的以为我会喜欢辛西娅，是吧？我现在明白了——辛西娅？怎么了，李？轮到你喂鲍鱼了。真的轮到我了吗，李？（声音里充满恐惧和恶心）是的，辛西娅，鲍鱼在呼唤了。它们需要吃的。哦，李！不！不！不要！——一如既往忠实的，李·梅隆。

去信
6

李·梅隆
存局候领
大苏尔
加利福尼亚

亲爱的李·梅隆：

我不懂你对辛西娅有什么可不满的。你从没见过她。她其实是个好女孩儿，很快就能适应各种生活。还有，辛西娅这名字有什么不好？没开玩笑，我想你会很喜欢她。

谨上

杰斯

回信
6

我相信我会喜欢她！毕竟全国 1/4 的英文老师， 2/3 的图书管理员和 1/2 的贵妇都叫辛西娅。再多一个辛西娅又有什么区别呢，你这个可怜的屁桶。池里青蛙在呱呱叫着，我正对着灯笼写信，因为这里没通电。电线在五英里外就停了，我觉得这挺好的。要电有什么用呢？我在奥克兰没有电也过得好好的。我在那儿读陀思妥耶夫斯基、屠格涅夫、果戈理和托尔斯泰——那些俄国佬。要电做什么。但你来的时候记得带上辛西娅，我等不及见她了。她有没有小胡子？有一次，我遇到一个从内华达巴特山来的图书管理员。她就有一撮小胡子，而且也叫辛西娅。她搭公车大老远跑来旧金山，想把她的“樱桃”献给一位真正的诗人。最后她真的找到一个。就是我！说不定这是同一个娘们，谁知道呢。问她些关于巴特山的事，让她讲讲巴特山的秘密，比如巴特山选集什么的。巴特！巴特！——一如既往忠实的，李·梅隆。

去信
7

李·梅隆
存局候领
大苏尔
加利福尼亚

亲爱的李·梅隆：

我这辈子最糟糕的事情发生了。我从没想过我会说出这句话。辛西娅离开了我。

我该怎么办？这次她永远离开我了。今天早

晨她飞回了凯奇坎①。

我现在完全崩溃了。这真是证明了什么时候受教都不迟。我想知道这句话是什么意思。

谨上

杰斯

回信
7

振作起来，聪明鬼！你还有李·梅隆老兄呢。有一个小屋正在大苏尔等着你，一个很棒的小屋。它坐落在太平洋上一座高高的悬崖上，里面有一个暖炉和三面玻璃墙。早晨你可以躺在床上看海獭做那档子事，非常有教育意义。这是世界上最棒的地方了。关于辛西娅，我跟你说什么来着？她说不定就是从巴特山出发，途经凯奇坎

---

① 凯奇坎（Ketchikan），阿拉斯加州东南部的城市，以“鲑鱼之城”闻名。

来的。老运动家的话，你可得认真听好。——两个床上的辛西娅不如一个图书馆里的辛西娅。——一如既往忠实的，李·梅隆。

去信 8

李·梅隆

存局候领

大苏尔

加利福尼亚

亲爱的李·梅隆：

辛西娅没有音讯了。我肚子里所有的蜜蜂都死了，它们正在习惯死亡。

这就是结局了。那就这样吧。

我们在大苏尔靠什么活下来呢？我还有几块钱，但那边有什么工作可做吗，还是靠其他什么？

谨上

杰斯

回信
8

我有一个花园，里面一年四季都能长东西！还有一支用来猎鹿的30－30温彻斯特步枪，一支打兔子和鹌鹑的点22口径猎枪。我有一些渔具和一本《阿比恩月光日记》①。我们能过下去的。你还想要什么，一盒纸巾来擦去你失去挚爱辛西娅的酸楚，还是凯奇坎和/或巴特山饼干？快点到大苏尔派对来，别忘了带些威士忌。我要威士忌！

---

① 《阿比恩月光日记》（*The Journal of Albion Moonlight*），美国诗人、小说家肯内特·帕钦所著小说。

“要添根柴吗？”李·梅隆说，“我觉得该添根柴了。你觉得呢？”

我看着炉火，想了一会儿。或许想得有点儿太久了。在大苏尔的日子会把人变成这样。“是啊，看样子是该添了。”我说着，走到小屋的另一头，穿过厨房墙上的一个洞，从柴堆里拿了一根。

这是一根潮湿的木柴，底部有很多虫子。我从厨房墙上的洞钻回来，把木柴放进壁炉里。

一些虫子匆匆爬到木柴的上面，我的头狠狠地撞上了天花板。“你得花点儿时间适应它。”李·梅隆指着五英尺一英寸高的天花板说。那些虫子站在木柴上，透过火焰看着我们。

对……对，天花板。天花板是李·梅隆负责的。我听过这个故事，靠着三瓶杜松子酒，他们直接在山边造出了这间小屋，因此屋里有一面土墙。后来，他们又在靠山的一面凿出了壁炉，里面填入从海边运来的岩石。

筑墙的那天，天气很热。他们有三瓶杜松子酒，李·梅隆喝个不停。另一个人，一个精神很不正常的教徒，也喝个不停。当然，酒是他的，地是他的，建筑材料是他的，母亲是他的，遗产也是他的。李·梅隆说：“地基已经挖得够深了，但柱子有些太长。我锯短些。”

现在你应该发现问题所在了。准确地说是四个字：我锯短些。但那个人同意了，因为他精神很不正常。太阳、杜松子酒、蓝天和太平洋反射的光在他腐坏的脑子里旋转：当然，让李·梅隆老兄把它们锯短些。没办法……管他呢，这儿太热了……受不了了。 于是小屋的天花板就只有五英尺一英寸高了。不论你体形多么娇小，砰！你的头就撞上了天花板。

久而久之，看人撞天花板变成了一件有趣的事。就算待了很长时间，你也不可能适应那儿的天花板。它的存在超越人类的智力和协调能力的极限。唯一的应对方法，就是以极其缓慢的速度移动，这样就能最大限度降低撞到天花板时受到的冲击力。这背后肯定存在某些物理法则，法则名字多半叫崴了舌头。那些虫子站在木柴上，透过火焰看着我们。

李·梅隆坐在肮脏的鹿皮毯上，倚着一堵宽大的墙。把这里的墙分清楚非常重要，因为那些墙是由各种危险的材料筑成的。

山边有一堵土墙，屋里还有一堵木墙、一堵玻璃墙和一堵虚空墙。虚空墙就是一团空气，通往屋外的小路。小路围着蛙池绕了半周，与一块木制平台相连。平台通过悬臂吊在空中，看上去不是很稳固，它就像一战时期的飞机一样，从悬崖边探出。

李·梅隆倚在木墙上，那是这里唯一牢靠的墙。待在大苏尔的这段时间里，我只见过一个人靠在玻璃墙上。那是个习惯裸奔的女孩。我们把她送进蒙特雷的医院，她在那儿缝合的时候，我们去五金店买了一面新玻璃。那些虫子站在木柴上，透过火焰看着我们。

我还记得有人靠在山边的土墙上，嘲讽威廉·卡洛斯·威廉姆斯[①]。忽然传来一阵咆哮和土石碎裂的声音。接着，山上的土块滚落下来，一直埋到了他的脖子。

这位刚从纽约大学毕业的年轻古典诗人放声尖叫“我被活埋啦”。好在滑坡停止，我们才得以把他挖出来，拍扫干净。那是他最后一次说威廉·卡洛斯·威廉姆斯的坏话。第二天，他就着了魔似的看起《爱之旅》来。

我见过不止一个人靠在那堵空气墙上掉进蛙池里。这种事情的背后，通常都是烈酒作祟。

所以，木墙是这里唯一安全的墙。而李·梅

---

① 威廉·卡洛斯·威廉姆斯（William Carlos Williams，1883—1963），20世纪美国著名诗人，被称为美国后现代诗歌鼻祖，下文提到的《爱之旅》（*Journey to Love*）是他献给妻子的一部诗集。

隆正靠着那堵墙，坐在变了形的鹿皮毯上。这块毯子看上去没有鞣制过，就好像皮被剥下来之后，有人把皮和一磅大蒜放进烤箱，开到低温挡，然后让它们在里面待了一个星期……呕！

李·梅隆正在仔细地卷烟。卷烟和靠木墙是他显现出的唯二特点。那些虫子站在木柴上，透过火焰看着我们。Bon voyage[1]，虫子们。一路顺风，现在它们什么也看不见了。

我穿过那堵空气墙，走到小路上，然后站在那里，看着蛙池。日光所剩无几，周遭归于宁静。不过再过几个小时，这个蛙池就会变成宗教裁判所，在大苏尔举行公开忏悔仪式。青蛙们身披教袍，手捧黑色蜡烛——呱！呱！呱！呱！

这些青蛙会从黄昏开始，彻夜鸣叫。这些该死的家伙，只有二十五分硬币那么小。那个小池

① 法语，意即“一路顺风”。

塘里的几百、几千、几百万、几光年[①]只青蛙制造出的噪声，可以像烈火一样吞噬一个人的灵魂。

李·梅隆起身来到小路上，站在我的身边。“夜晚即将降临，”他注视着池塘，它看上去青翠而无害，“要是我有炸药就好了。”他说。

① 原文如此。

在大苏尔共进晚餐

当晚的晚餐品质不佳。我们的食物过于寒酸，连猫都不愿意碰，能有什么品质可言呢？我们买不起，也不期望能获得任何可以下咽的食物。我们只能勉强维持生活。

四五天的时间里，我们一直在等待有人路过，带来食物。一个旅人，还是朋友，我们不在乎。那种驱使人们来到大苏尔的神秘力量已经罢工数日了。

电源关闭，大苏尔之光不再照耀我们了。这有些令人伤感。当然，一号高速上还有零星的车辆，但没有一辆为我们停留。

不知为何，它们总是在我们前方停下，或是

朝着更远处呼啸而去。

要是再吃一次鲍鱼，我就要死了。再往嘴里塞一口鲍鱼，我的灵魂就会像牙膏一样滑出来，永远消失在宇宙中。

那天早晨，我们看到了一丝希望，但它很快消散。李·梅隆去那间老房子所在的高地上打猎。问题不在于他的枪法差，而是他太容易激动了。有时屋子周围会有鸽子，几年前死过老头儿的泉边会有鹌鹑。李·梅隆把点22口径猎枪的最后五颗子弹带走。我恳求他只带三颗。我们为这事争论了很久。

“留几颗吧。”我说。

“我饿了。”他说。

“别脑袋一热把它们全打光了。”我说。

“我想吃鹌鹑，”李·梅隆说，“鸽子也好，大兔子也好，小鹿也好，猪排也好。我饿了。”

30－30猎枪的子弹几周前就耗尽了。每天下午，山坡上都会有鹿出没，有时二三十只，又肥又嚣张。但我们的温彻斯特步枪没子弹了。

李·梅隆没有用那把点22口径猎枪造成过什么实质性的伤害。他曾射中一只雌鹿的屁股，但它跛着腿走进丁香丛，逃脱了。不管怎样，我恳求他留下一些点22子弹以供雨天使用。“或许明早我们会在花园里发现一只鹿。”我说。但李·梅隆什么也听不进去。我还不如对他讲讲萨福[1]的诗。

他出发前往山顶的高地。山坡上有一条崎岖的泥路，他在那条路上越变越小，我们的点22子弹也随之越变越小。我想象着那些子弹的样子，他们现在大概和营养不良的变形虫一样小。路在一片红杉林处转了个弯，而李·梅隆消失在视线中，带着我们在这个世界上仅有的子弹。

我无事可做，也无处可去。于是我在高速旁的一块岩石上坐下，等着李·梅隆回来。我带着一本书，是关于我的灵魂的。书里说，若是你在

---

① 萨福，古希腊著名女抒情诗人，被誉为“女荷马”和“第十位缪斯”。

读这本书时没有死去，你的手指在翻页时依旧灵活，一切都没什么大不了的。我把这本书当作悬疑小说看。

两辆车经过这里。其中一辆车里坐着一些年轻人，女孩儿很有魅力。我想象他们在灰狗巴士[①]车站享用了丰盛的早餐，然后在黎明时从蒙特雷来到这里。但这似乎说不过去。

为什么他们会在灰狗巴士车站吃早餐呢？我越想，越觉得不太可能。蒙特雷也有其他吃早餐的地方，说不定有些还更高档。我自己在蒙特雷的灰狗巴士车站吃过早餐，并不代表世界上所有人都在那里吃饭。

第二辆车是由私人司机驾驶的劳斯莱斯，一位老妇坐在后座。她浑身浸满毛皮和钻石，就像一阵春雨忽然来临，用这些东西把她淋成了落汤鸡。真是个幸运的人。

看见我像地鼠一样坐在岩石上，她似乎有些

---

① 灰狗巴士（Greyhound bus），美国跨城市的长途巴士。

惊讶。她对司机说了几句话，司机的窗户顺滑地摇了下来。

“这里到洛杉矶还有多远？”她问。她的声音完美无瑕。

接着，她的窗户也顺滑地摇了下来，就像一条透明的天鹅颈。“我们已经迟到好几个小时了，”她说，“不过我一直想来大苏尔看看。这里到洛杉矶还有多远，小伙子？”

“要从这条路去洛杉矶可够远的，”我说，“有几百英里。到圣路易斯奥比斯波之前的路段都很绕。你如果赶时间，应该走 99 号或者 101 号公路。”

“已经来不及了，”她说，“我还是对他们实话实说吧。他们会理解的。你有电话吗？”

“不好意思，没有，”我说，“我们连电都没有。”

“这也无妨，”她说，“就让他们稍微担心一下奶奶，也有好处。十年来，他们都不把我当回事儿，这对他们来说正是救命良药。我早该想到的。”

我喜欢她说“奶奶”这个词的方式，因为她一点也不像个奶奶。

然后她友好地道了谢，车窗又顺滑地合上了。天鹅继续向南迁徙。她挥手道别，车子在路上前进，绕过一个弯，奔向那些在洛杉矶等待的人，那些随着时间流逝愈发紧张的人。说不定让他们担心一会儿真是件好事。

她在哪儿？跑哪儿去了？我们要不要报警？不，我们再多等五分钟吧。

五分钟后，我隐约听见点22口径猎枪的咔嗒声，然后我又听见一次，然后第三次。真可惜，我们有一柄只会重复的枪——一次又一次，接着是沉寂。

我等待着，李·梅隆从山上下来了。他沿着泥路下山，穿过高速公路。他胡乱拿着枪，就好像它已如一根木棍一样没有威力。

“怎么样？”我说。

黄昏将至，李·梅隆起身来到小路上，站在

我的身边。

“夜晚即将降临。”他说。他注视着池塘。它看上去翠绿而无害。“要是我有炸药就好了，”他说，然后他走到花园里，摘了些做沙拉的青菜，回来的时候，脸上带着向往而伤感的表情，“我在花园里看到一只兔子。”他说。

靠着极强的自制力，我把“爱丽丝”这个词从我嘴边擦去，最终赶出我的脑袋。我真想说，“怎么回事，爱丽丝，没种了吧?”但我强迫自己接受了那五颗子弹已一去不返的事实。

当晚的晚餐质量不佳。沙拉里有青菜和竹荚鱼。这些竹荚鱼本是房东买来喂附近的猫的，但猫不吃。它们宁愿挨饿。它们正在挨饿。

竹荚鱼会把你的身体撕裂。鱼一下肚，你就会发出隆隆吱吱啪啪的声音——这些地震中的鬼屋发出的声音，把你的肚子撕成上下两半。然后响亮的屁和嗝就会从你的身体里钻出来，连毛孔里冒出的都是竹荚鱼。

为了把这顿饭彻底变成餐中广岛，我们吃了

点儿李・梅隆的面包作为甜品。李・梅隆的面包完全符合有关南北战争中硬面饼军粮的描述。不过，这当然也在意料之中。

每隔几天，李・梅隆就会说："我想是时候烤些面包了。"而我已经学会在这种情况发生时，把脸保持在立正姿势，对着一面静默的旗帜行注目礼。那就是做饭者的旗帜。

虽然花了些时间，但我终于能够咽下它了：坚如磐石，味同嚼蜡，厚达一英寸。就像地狱里的贝蒂妙厨[①]，或是在弗吉尼亚沿路行军的几千名士兵，占领了方圆几英里的乡村。

---

① 贝蒂妙厨（Betty Crocker），一个提供主食、配菜、甜品以及烘焙食品的美国品牌。

准备读读《传道书》[1]

餐后不久，蛙鸣随夜色袭来。我决定带着屁和嗝，回到我的小屋里去读《传道书》。

“我想我还是坐在这儿读蛙吧。”李·梅隆放了个屁。

“你说什么，李？我听不到。青蛙太吵了。喊大点声。”我放了个屁。

李·梅隆站起来，往蛙池里丢了一块巨大的石块，尖叫道，“金宝汤![2]”蛙群瞬间安静下来。

---

① 《传道书》，《圣经·旧约》中的一篇，由大卫的后代所罗门王所著。

② 金宝汤（Campbell's soup），美国汤罐头品牌。

这招的效果可以持续一段时间，然后蛙鸣又会恢复如初。李·梅隆的房间里有一大堆石块。蛙鸣总会从一声“呱”开始，然后是第二声，接着其余七千四百五十二只青蛙就会加入和声。

李·梅隆一边喊着“金宝汤”，一边往池中发射各种导弹这件事，说来还挺好玩的。他试过对着青蛙，把能想到的粗口都爆了个遍。后来他又决定试试毫无意义的音节，配合上精准投掷出的石块，是否有效。

李·梅隆是个爱探索的人。通过这样漫无方向的尝试，他终于认定“金宝汤!”这个词能给蛙群带来最深的恐惧。所以现在，他不再爆些无聊的粗口，而是在大苏尔的夜里，声嘶力竭地大嚷，“金宝汤!”

“你刚刚说什么来着?”我放了个屁。

“我想我还是坐在这儿读蛙吧。怎么，你不喜欢青蛙?”李·梅隆放了个屁，“我刚刚就说了这些。你的爱国主义精神哪儿去了?不管怎么说，美国国旗上还有一只青蛙呢。”

“我要回我的小屋，”我放了个屁，“去读《传道书》。”

“你最近一直在读《传道书》，”李·梅隆放了个屁，“我记得那里面没什么可读的。你得注意点儿，小子。”

“打发时间而已。”我说。

“我觉得炸药对这些青蛙来说太友善了，”李·梅隆说，“我得弄出些特别的，炸药太快了。我已经有了一个很棒的想法。”

李·梅隆试过各种让青蛙安静下来的办法。他朝它们扔石块、用扫帚击打池水、把满锅开水倒入池中，他还往池中倒了两加仑酸葡萄酒。

有段时间，他会趁青蛙在暮色中出现时，把它们抓住，扔下峡谷。每天晚上他会抓十二只左右的青蛙，把它们狠狠扔下峡谷。这持续了一周。

李·梅隆突然意识到，它们正从谷底爬回来。他说这要花上它们几天时间。“该死的，”他说，“要爬这么高，但它们还是办到了。”

他勃然大怒。下一次抓到青蛙，他把它扔进

了壁炉。那只青蛙变得焦黑而枯瘦，最后消失在焦炭中。我看了看李·梅隆，他看了看我。“你说得对，我得想个别的主意。”

他拿来几打石块，花了一下午，在上面系了一些绳子。等晚上抓到青蛙时，他就把它们绑在石头上，然后扔下峡谷。“这应该能使它们的脚步放缓些，让它们没那么容易爬回来。”他说。不过这也行不通，因为池里的青蛙太多了，并不能产生实质效果。一周后，他厌烦了，于是又回到了从前，边往池里扔石头，边大喊“金宝汤”的生活。

至少我们从没在池子里见过背上绑着石块的青蛙，那样就太过分了。

池里有几条小水蛇，但它们每天只吃一两只青蛙，所以帮不上什么忙。我们需要的是水蟒，而现有的小水蛇只能起装饰作用。

“好吧，那我就不打扰你和青蛙了。”我放了个屁。第一只青蛙刚刚“呱”了一声，它们马上就会卷土重来，而地狱将会从那个池塘里降临人间。

“记住我说的话，杰斯。我有计划了。”李·梅隆放了个屁，然后用手指敲了敲脑袋，就好像要看看西瓜是否熟透了。确实熟了。一阵战栗传过我的脊梁。

“晚安。”我放了个屁。

“是的，当然如此。”李·梅隆放了个屁。

《传道书》里的铆钉

我走回到自己的小屋去。海浪撞击礁石的声音从下方传来。我经过花园，那里覆盖着用来赶鸟的渔网。

如往常一样，我被床边的摩托车绊倒。这辆摩托车是李·梅隆的宠物之一，它被拆成大概四十五个零件，静静地躺在地上。

每周，李·梅隆都会几度提起“一会儿我去把摩托车装起来，那可是一辆四百美元的摩托车”。他总是说，那是一辆四百美元的摩托车，可它从未带来过什么好处。

我点上灯笼，置身小屋的四面玻璃墙之间。这里的家具和下面其他小屋的一样，我没有桌子，也没有椅子或是床。

我睡在地上的睡袋里，用两块白石作书立。我用摩托车的发动机把灯笼点上，把灯提起来，这样读书更舒服些。

小屋里有一个粗陋的火炉，是李·梅隆造的，能在寒夜里让四周一下子暖和起来。可是一旦你停止往炉里添柴火，小屋就会重新溺入冷气中。

我在夜里读的《传道书》，收录在一本古旧的《圣经》里，书页厚重。一开始，我每晚都把它读上好几遍，后来每晚读一遍，再后来每晚读寥寥几节。现在，我只看标点符号。

其实我是在数它们，每晚一章。我把标点的数量分栏，工整地记在笔记本里。我把本子命名为"《传道书》中的标点"，这个标题很棒。我把这件事当作一项工程研究。

在造船之前，肯定要清楚维持船体稳固需要多少根铆钉，以及所需铆钉的大小。而我感兴趣的是《传道书》这艘船上，铆钉的数量和大小。这是艘漆黑而美丽的大船，航行在生命的水面上。

这些记录概括起来，大概是这样的：

《传道书》的第一章中，共计57个标点符号。具体为22个逗号、8个分号、8个冒号、2个问号和17个句号。

《传道书》的第二章中，共计103个标点符号。具体为45个逗号、12个分号、15个冒号、6个问号和25个句号。

《传道书》的第三章中，共计77个标点符号。具体有33个逗号、21个分号、8个冒号、3个问号和12个句号。

《传道书》的第四章中，共计58个标点符号。具体有25个逗号、9个分号、5个冒号、2个问号和17个句号。

《传道书》的第五章中，共计67个标点符号。具体有25个逗号、7个分号、15个冒号、3个问号和17个句号。

我在大苏尔的灯笼光下所做的，既是一件乐事，又是一种别样的艺术鉴赏。我觉得，打着灯笼看《圣经》，能进入更超然的境界。《圣经》从未与电力适配。

灯笼光下，《圣经》吐露出绝妙的深意。我仔细地数出《传道书》中的标点，以免犯错，然后将灯火吹灭。

苦苦求饶

午夜时分，或是一点左右——我猜的，因为在大苏尔我们没有钟——在睡梦中，我听见一些声响，从我们停在高速边的老卡车那里传来。这些声响不断重复，我能从中分辨出人类的声音，但是它们既含混又怪异。接着一个声音喊道，“看在上帝的分上，别开枪！”

我把睡袋拉链拉开，迅速穿上裤子。我从黑暗中摸出一把斧子，想知道外面发生了什么鬼。各种声音搅在一起，没有一种悦耳。我藏身于阴影中，小心翼翼地走出小屋。万一外面不安全，我可不想跌跌撞撞地一冲出去就被人干死。我要安静徐缓地行动，就像西部片里那样。

我警惕地朝声音来源移动。其中有一个最为镇定的人声，那是李·梅隆的声音。地上有一个灯笼，现在一切清晰明了。我止步于阴影中。

两个人跪在李·梅隆身前。两个孩子，似乎还是少年。李·梅隆拿着温彻斯特步枪压着他们，看上去一本正经的。

“求求你，看着上帝的分上……求求你，我们不知道。”其中一个人说。他们衣装亮丽，而李·梅隆披着破布站在他们面前。

李·梅隆的语气很平静，就像伊丽莎白时期约翰·多恩[①]布道时那样。“我能像打狗一样把你们俩的头打爆，把你们的尸体扔下去喂鲨鱼，然后开着你们的车去坎布里亚。我只要擦掉指纹，把车扔在那里，没人会知道你们的下落。警长会开车在高速上巡视几天，停在这里，然后问些愚蠢的问题。我会回答，‘没有，我没见他们往这里

① 约翰·多恩（John Donne，1572—1631），十七世纪英国玄学派诗人、教士。

来，警长。’然后他们会把这件事抛在脑后，而你们的存档将永远留在萨利纳斯的失踪人员区。但愿你们俩没有妈妈、女友或是宠物，因为他们很久很久都见不到你们了。”

其中一个人痛哭流涕，一个字都说不出来。另一个人也哭了，但他还能说话。“求你了，求你了，求你了，求你了，求你了……”他说，就像在重复一首童谣一样。

这时，我拿着斧子从阴影中出现。我觉得他们被吓得差点拉裤子，眼泪都要飞到中国去了。

“你好啊，杰斯，”李·梅隆说，“看看我逮住了什么。几个小浑蛋，想要抽我们的汽油。你猜怎么着，杰斯？”

“怎么了，李？”我说。

你注意到我们的名字有多完美，给这件事增添多少风味吗？我们的名字诞生于另一个世纪。

“我想，我还是杀了他们吧，杰斯，”李·梅隆平静地说，“我总得做些什么。这已经是这个月第三次有人偷我们的汽油了，不能任其这样。杰斯，我想我就先让这两个狗杂种交个首付，然后杀了他们吧。”

李·梅隆端起空温彻斯特步枪的枪管，将它抵在还能讲话的那个人的额头上。现在，他讲不出话了。语言能力已经抛弃了他的嘴。他做出说话的动作，但什么声音也没发出来。

“等等，李，”我说，“当然，这些家伙是该被爆头。在这片荒原上偷别人的汽油，让人家他妈的困窘不堪，连一双旱冰鞋都没有。他们是该被爆头，但他们还只是孩子。你瞧，可能高中都没毕业。看他们像桃子一样的绒毛。”

李·梅隆弯下腰，看了看他们的脸颊。

“是啊，杰斯，”李·梅隆说，“这些我懂。但我们还有一个孕妇在屋里。我老婆，那里面是我老婆，我爱她。她随时就要分娩了，预产期已经过了两周。要是到时候我们跑出来，坐上卡车，想要带她去蒙特雷找一家干净的好医院，却发现卡车没油了，孩子就会死。”

“不，杰斯，不，不，不，”李·梅隆说，“与其害了我的宝贝儿子，我还是现在在这里把他们打死吧。我可以让他们把头凑到一起，只用一颗子弹解决问题。我有一颗很慢的子弹，打穿头颅需要差不多五分钟。很他妈的疼。”

早先李·梅隆提着灯笼和枪出现，告诉他们，若是胆敢移动一寸他就杀了他们。不过他们动动也无妨，反正他迟早要杀了他们。而且他更喜欢移动目标，因为能够锻炼他的眼力。自那时就说不出话的那个人，现在终于开口了：“我才十九岁。我们连油箱都还没找到呢。我姐姐住在圣巴巴拉。”他就说了这些，然后他的舌头再度失踪了。他们都号啕大哭，泪水顺着两颊流下，鼻涕流个不停。

“是啊，”李·梅隆说，“他们是很年轻，杰斯。我想一个人在因为从还未出生的婴儿手里偷汽油，脑子他妈的被人打飞前，是该有一次改过自新的机会。”此话一出，他们哭得比之前更惨了，如果还能更惨的话。

“反正，李，”我说，“也没造成什么损失。除了他们偷我们仅剩的五加仑汽油未遂外，其实什么也没发生。”

“好吧，杰斯，”李·梅隆平静地说，虽然拖了一会儿，“如果他们能赔偿这个月从我们这里偷走的所有汽油，或许我会放他们一条生路。只是或许。我曾经答应我的妈妈，上帝保佑她的在天之灵，如果我有机会对几个任性的孩子施以援手，我一定会做。你们几个臭小子有多少钱？”

他们两个二话没说，像一对哑巴连体婴儿一样，立刻拿出钱包，把所有的钱给了李·梅隆。他们有大概六美元七十二分钱。

李·梅隆接过钱，放进口袋里。“你们这两个家伙倒挺真诚的，”他说，“你们可以走了。”其中一个人爬过来，亲吻李·梅隆的靴子。

“拜托，”李·梅隆说，“别流口水了，有点格调吧。”他把两人赶回他们的车里。他们现在是世界上最幸福的孩子。他们开的是一辆福特 1941，车上有各种孩子喜欢的装饰。

这两个孩子可能开错路，油不够了。他们本

该走 101 号公路的。开了一英里又一英里，一个加油站都没有。也许他们觉得我们应该不差几加仑汽油。如果屋里有灯光，他们说不定会先问我们。

李·梅隆挥着温彻斯特步枪道别。他们慢慢地朝着圣路易斯奥比斯波和圣巴巴拉的姐姐驶去。是啊，说不定只是开错了路。他们本该留在 101 号公路上的。

李·梅隆挥着温彻斯特步枪道别，并扣响了扳机。当然，他们已经远去，听不见枪声了。说不定他们已远在五十码外，车子就快抛锚了，他们不会听见击锤撞击空枪膛的咔嗒声。

卡车

次日清晨，我们吃了些碎麦作早餐。我们有五十磅碎麦，装在麻袋里。这是从旧金山的一个老水晶宫市场买的。买完第二天，他们把这座美丽的建筑拆除，在原址上盖了一间汽车旅馆。

食物稀缺的时候，碎麦就是我们凄凉的早餐。佐餐的有奶粉、糖和李・梅隆的硬面饼。没有咖啡，所以我们喝了些绿茶。

“这下我们有钱了。”李・梅隆说着，从口袋里掏出那六美元七十二分钱。他把这些钱摆在他面前的地上，就像一个收集硬币的人在欣赏珍品。

“我们可以买些食物，”我天真地说，“或许再买点儿子弹。”

“那些家伙怕是永远洗不掉裤子上的污渍了，”李·梅隆笑道，“他们肯定不敢把裤子送去洗衣房。”

“哈——哈！”我笑道。

一只猫从屋顶上跃下。我们有大概半打猫，它们都在挨饿。那只猫走过来，想要吃一块李·梅隆的硬面饼。它啃了几口，然后觉得这么做不值得。

那只猫走到悬崖边的平台上，坐在熹微的阳光里，看着一条蛇自在地从水面上滑过，肚子里装着一只还没消化完的青蛙。

“我们用这些钱去找女人吧，”李·梅隆说，“我想这比食物和子弹更重要。没有子弹我也过得好好的。我们应该把那辆卡车再往高速上移一些，说不定从此就过上好日子了。”

“只用六美元七十二分怎么找得到女人？”我问道。

“我们可以去伊丽莎白那里瞧瞧。”

“我以为她只在洛杉矶工作。”我说。

“对，一般是这样的，但是有时候她不在意一些小变化。你得趁她心情好。她在洛杉矶那边做的事有点怪怪的。”

“买一盒点22子弹多好啊，”我说，“或是一磅咖啡……我们两个？用六美元七十二分叫一个一百美元的妓女？你睡醒了吧，老兄？”

“当然，”他说，“我觉得也许没问题，反正我们也没什么可失去的。说不定她会邀请我们共进早餐呢。把那片面包吃掉，然后我们出发。”

李·梅隆身上这种扭曲的幻觉真是美妙至极。把那块面包吃掉。我手里拿着的这片东西，和面包从来就没有一丝关系。我放下锤和凿，我们朝卡车走去。

它看起来就像是南北战争时期的卡车，如果那时候有卡车的话。但是它还能跑，虽然没有油箱。

车厢里有一个空的五十加仑汽油桶，桶上有一个更小的汽油罐，一根虹吸管将汽油罐和燃油管路连接起来。

开车的分工是这样的：李·梅隆在前面开车，我留在车厢里确保虹吸管一切正常，不受卡车颠簸影响。

我们就这样在高速上行驶，看起来有些滑稽。我不忍心问李·梅隆油箱去哪儿了。我想，还是不要知道比较好。

生活之间

我只见过伊丽莎白几次，但她给我留下了深刻印象。她很美，一年中有三个月在洛杉矶工作。她会雇人，一般是墨西哥女人，到大苏尔来照料她的孩子。然后，她会用高超的技巧完成一次梦幻般的变身。

她在大苏尔的住所是一座三房的棚屋。她的孩子都和她长得一模一样，就好像他们身上挂着镜子似的。她的长发疏松地披在肩头，脚下趿着拖鞋，身上穿着一件粗陋走形的裙子。她活在肉体和精神的沉思之中。

她会园艺、做罐头、劈柴和缝纫。家里没有男人时女人会做的那些事情她都会做。她生活在世界的边缘地带，尽己所能抚养孩子。她很温柔，常读书。

一年中有九个月，她过着这样的生活，就像一个孕妇。之后，她便雇人照料孩子，前往洛杉矶。她的肉体和精神摇身一变，成为一次一百美元的妓女，擅长为那些喜欢和美女做些奇怪动作的男人提供充满异域情调的欢愉。

她满足所有男人的欲求。他们给她一百美元，有时更多，因为她能让男人很舒服，又不会让他们为自己的需求感到尴尬。当然，除非他们要求不适。那样的话，她就会无情地折磨他们。有时候他们会因为被弄得极度不适而多付些钱。

她就像一个一年工作三个月的高薪技工，只不过收入不多。然后她回到大苏尔，让长发自然地绕着脖子和肩，活在肉体和精神的沉思中，不忍伤害任何生灵。

她是个素食者，鸡蛋例外。孩子玩耍的地方有响尾蛇出没，但她无动于衷。

她最大的孩子十一岁，最小的六岁，而响尾

蛇则为数众多。那些蛇像老鼠一样来来去去，她的孩子从不受其惊扰。

她的丈夫死在朝鲜。关于他，我们只知道这么多。她在他死后来到大苏尔。她并不介意说起这件事。

我们驱车前往她家。路上大概要开十二英里，然后下高速，在一座幽谷绕上几英里。你得仔细观察，否则很容易错过她家的路口。我们在高速上的最高时速是二十英里。我们把车停在她家，李·梅隆走下车，我跳下车。我们的配合十分默契。

两棵树中间晾着一排衣服。因为没有风，它们完全静止地挂在那里。我们看见玩具散落得到处都是，还看见孩子们用泥巴、鹿角和鲍鱼壳设计的游戏。但是这个游戏太过怪异，只有孩子知道怎么玩。那说不定根本就不是游戏，而是游戏的坟墓。

伊丽莎白的车不见了。四周一片寂静，只剩畜栏里传出的鸡叫声。一只公鸡正昂首阔步，制造出一堆噪声。家里没人。

李·梅隆看了看公鸡。他决定把鸡偷走。后来又决定在厨房的桌子上留一张纸条，告诉她他买下了这只鸡。最后他下定决心，还是把鸡留下吧。他这么做，挺大度的。这件事从始至终只在他脑中发生，因为他一个字也没说。

最后，李·梅隆终于开口了，他说："家里没人。"而这便是对一只注定永生的鸡和一座儿童游戏坟墓的准确概括。

六美元七十二分的极限

我们回到家里，李・梅隆走下车，我跳下车。我看得出，渴念已经在李・梅隆的喉咙里盖起一座棚屋了。对烈酒的渴望像鸟一样，从他的眼里飞过。

“要是她在家就好了。”李・梅隆说着，捡起一块石头，朝太平洋扔去。那块石头没能到达太平洋，它落在由其他一百万块石头组成的石堆上。

“是啊。”我说。

“谁知道可能发生什么呢?”李・梅隆说。

我很清楚什么也不会发生，但我还是说：“是啊，要是她在家……”

鸟一直在他眼里飞来飞去，这群小酒鬼，它

们的翅膀通过酒杯与身体相连。海面上，雾气正渐渐成形。但它不似棚屋，更像一座豪华酒店。大苏尔至尊酒店。雾气很快就会向内陆飘来，在峡谷的山坡上卷曲，然后一切都将被蒸汽行李员带走。

李·梅隆已经变得十分不安。“我们徒步到蒙特雷去，然后喝个烂醉吧。”他说。

“除非到那里后，我能在口袋里装满大米，在喝酒前，把一磅汉堡塞进钱包。”我说。我是用说“陵墓”的语气，说出“钱包”这个词的。

“没问题。”他说。

八小时后，我和一个女孩坐在蒙特雷的小酒吧里。她的面前放着一杯葡萄酒，而我的面前是一杯马天尼。有时事情就这么自然而然地发生，不可预知未来，也无法回溯过去。李·梅隆倒在一辆轿车下面。我把他身上的呕吐物冲掉，盖上一块大纸皮，这样警察就不会发现他。

酒吧里有很多人。一开始，这些人和公共场所几乎让我忍俊不禁。我尽力假装成一个正常人，这样一来，我就能够对这个女孩儿展开攻势。

大概一个小时之前我遇见她，当时李·梅隆在她上面晕倒了。我们把他从她身上“扣除”，小学算术可没有教过这种算法。在此过程中，我们开始闲谈。这段闲谈渐入佳境，后来我们面对面坐下，举杯共饮。

我呷了一口冰马天尼，含在嘴里，直到酒与我的体温融为一体。美好的98.6华氏度——我们与现实的唯一连接。前提是你愿意把一口马天尼当作某种与现实相关的东西。

女孩名叫埃莱娜。我越是看她，她越是绽放得美丽。具有这种能力未尝不是件好事。这很难，但是她做得到。那种由内迸发的冲动总让我感到愉悦。

“你是做什么的？”她问。

我得思考一下这个问题。我可以说，“我和李·梅隆住在一起，现在惨得像一条狗。”不，不，不能这么说。我可以说，“你喜欢苹果吗？”她会回答喜欢，然后我就可以说，“我们睡觉吧。”

不，不，那是之后的事。后来我终于决定对她说什么了。我小声地说，温柔而坚定，“我住在大苏尔。”

“哦，那挺好，”她说，“我住在大西洋丛林镇。你是做什么的?”

不算太坏，我想。我试试别的吧。

“我没有工作。”我说。

“我也没有工作，”她说，“你是做什么的?”

我得对付她身上这崭新而强势的部分，但我已经准备离开了。让我走！我羞怯地看着她，一种宗教般的尴尬，在我的周围，如棕榈树般生长着。“我是一个牧师。”我说。

她用同样的羞怯看着我，同样尴尬地说，“我是个修女。你是做什么的?”

一种惯性在我们之间产生。我们的相处开始变得融洽了。我喜欢她。我一直偏爱聪明的女人。这是我的一个缺点，已经改不了了。

过了一会儿，我们沿着沙滩漫步。我将手臂伸入她的毛衣，绕过她的腰，手从身侧滑上去，手指忙个不停，像无拘无束的小植物一样尽情伸展。

杰斯泡上了一个女孩，是李·梅隆介绍给他的。“你是何时决定进入修道院的？”我说。

“哦，大概六岁的时候。”她说。

“我五岁的时候就决定当个牧师。”我说。

“我四岁的时候就决定当个修女。”

“我三岁的时候就决定当个牧师。”

“那挺好，我两岁的时候就决定当个修女。”

“我一岁的时候就决定当个牧师。”

“我一出生就决定当个修女，就在当天。人生一开始就在正确的道路上出发，这是件好事。”她自豪地说。

“其实，我出生的时候，我并不在场。所以我没法自己做决定。我妈妈当时在孟买，而我在萨利纳斯。我觉得你这样很不公平。”我谦逊地说。

她被逗得大笑。她的这种傻气将我带到了她家，这真是令人愉悦。她关上门，我看了一眼她的书，这是我的一个很坏的习惯。你好啊，《狄兰·托马斯诗歌集》[1]。我像一只浣熊一样环顾她的房间，这是我的另一个坏习惯，虽然不及前一个坏。

我对年轻女士的居所充满好奇。我喜欢年轻女士房间的气味，里面摆放的工艺品，光影落在东西上的方式，特别是落在气味上。

她为我做了一个三明治。我没有吃。我不知道她为什么要做。我们钻进被窝。我把手放在她的双腿之间。她身下的毯子上绣着牛仔竞技比赛，牛仔、马和畜栏。她扭动身体，猛烈地撞击我的手。

就在我们像渴望加入联合国的小国一样，一起进入高潮时，我的眼前出现了一个电影画面。大概十二个李·梅隆的躯体被纸板盖着，躺在轿车底下。

---

① 狄兰·托马斯（Dylan Thomas，1914—1953），英国作家、诗人，人称“疯狂的狄兰”，1953年11月9日因连喝18杯威士忌而暴毙。

到葛底斯堡去！到葛底斯堡去！

度过一段漫长而美好的时光后，我起身坐在床沿。屋里有一盏小灯，灯光中投射出一幅抽象画。埃莱娜有一盏灯罩上画着肖像画的台灯。好吧……

我们的老兄，忠实的墙之仆役也在：你总能在年轻女士的墙上看见到这张马诺莱特[1]斗牛海报。她们多么喜欢那张海报，而海报又是多么喜欢她们啊。她们和海报相互照应。

墙边有一把吉他，背板上写有“LOVE”字

---

① 马诺莱特（Manolete，1917—1947），本名曼努尔·罗德里格斯·桑切斯，西班牙著名斗牛士。

样。吉他的弦对着墙面，就好像那面墙会突然拨动琴弦，弹出《绿袖子》或《午夜特快》的调调。

“你在做什么？”埃莱娜问。她温柔地看着我，性满足已经迷乱了她的脸。她就像一个刚打完盹的孩子，虽然她一直醒着。

我对自己很满意，因为持续的时间很长，至少感觉上是这样的。然后我又满足了自己一次。她又一次满足我，而我又一次心满意足。

“我得把李·梅隆从小轿车底下拖出来，”我说，“我不想让他被警察抓住。他可不喜欢那样，尤其痛恨监狱，一直如此。他还是个孩子的时候，蹲监狱的刺激感就已不复存在了。”

“什么？”她说。

“没错，”我说，“他因为谋杀双亲在里面蹲了十年。”

她用被单掩住身体，躺在床上对我笑。我也回以笑容。然后慢慢地，她将被单往下拉，直到快要将乳房露出来。在乳房的下面，一个带着“无限温柔”的东西正在……向下。

“警察会抓住李·梅隆。”我说，就像说出一句国家口号——远离电子废弃物，并在离开房间时关闭电灯。警察会抓住李·梅隆——是一样的。“警察会抓住李·梅隆。”我重复道。

埃莱娜笑了笑，说“好吧”。一切还好。这生活，是多么奇怪啊。昨天那两个孩子在李·梅隆的空枪前爬行，为了不存在的威胁求饶时，怎能想到他们将会资助这一切：我和一个女孩儿上床，而李·梅隆身上盖着纸板，躺在小轿车底下。

埃莱娜从床上爬起来。“我和你一起去。我们可以把他带来这里，让他清醒清醒。”

她把毛衣由上至下套上，然后穿上裤子。我是她的幸运观众，看着一切被收进衣服里，又从衣服的下面浮现。她穿上一双网球鞋。

“你是谁?”问话的是我，卡萨诺瓦[①]中的霍

① 贾科莫·卡萨诺瓦（Giacomo Girolamo Casanova，1725—1798），意大利传奇探险家、作家，18 世纪享誉欧洲的大情圣。

雷肖·阿尔杰[1]。

“我的父母住在卡梅尔。”她说。

然后她走过来，双手环绕着我，亲吻我的嘴。那感觉十分美妙。

我们在原先的地方找到了李·梅隆，纸板还完好无损。他看上去就像一大箱不知道什么的东西，反正肯定不是肥皂。什么广告也没打，一大箱李·梅隆就突然送达美国。

“醒醒，李·梅隆。”我说着，唱起一首歌来：

喂，嘿，她起了床。喂，嘿，她起了床，

喂，嘿，一大清早她就起了床！

我们该拿这烂醉的将军怎么办呢？

我们该拿这烂醉的将军怎么办呢？

---

① 霍雷肖·阿尔杰（Horatio Alger Jr.，1832—1899），美国儿童小说作家。

我们该拿这烂醉的将军怎么办呢

在这大清早?

嗨,把他送到葛底斯堡去!

到葛底斯堡去!到葛底斯堡去!噢,葛底斯堡

就在这大清早![1]

埃莱娜的手从后面伸进我的裤子,手指滑入内裤,探入屁股缝中,然后她的手做了鸟儿在树枝上做的事。

李·梅隆慢慢坐了起来,纸板从他身上滑落。他被拆封了,他的面目终于展现在世界面前。美国精神、骄傲与传统技艺结合的最终成品。

“发生了什么?”他说。

“谷之精魂[2]。”埃莱娜说。

---

① 这首歌改编自水手起锚或扬帆时唱的经典船歌。

② 原文为 Spiritus frumenti,即威士忌。

美好的一天

第二天，我们坐埃莱娜的车回大苏尔去。后座堆满从蒙特雷的西夫韦市场买来的几麻袋食物，后备箱里装着两条鳄鱼。这些都是埃莱娜的主意。

李·梅隆一通醉话把我们和青蛙的事情一股脑说了出来。而埃莱娜同样快速而连贯地说："我去弄条鳄鱼来。"她真的这样做了。

她跑去宠物店，搞了两条鳄鱼回来。我们问她为什么要买鳄鱼。她说鳄鱼正在促销，买一条加一分钱额外送一条。这有它的道理。

幸福的神情从李·梅隆布满血丝的双眼里消失了。他开着车，我和埃莱娜坐在前排他旁边的位置上。我搂着她。我们经过亨利·米勒[1]的邮箱，他正坐在他过去的那辆老凯迪拉克里等待着邮件。

“那就是亨利·米勒。”我说。

“哦。”她说。

我对她的喜爱随着时间流逝不断加深。不是说我对亨利·米勒有什么意见，但就像关于革命的记忆中的那一场鲜花风暴一样，我越来越喜欢她了。

李·梅隆对此也表示佩服。毕竟她买了五十美元的食物和两条鳄鱼。李·梅隆漫不经心地用舌头数着牙齿。他在嘴里找到六颗牙，把它们和后座装着食物的麻袋归为一类。他对自己的计算感到满意，脸上浮现出帕特农遗迹般的微笑。

“真是个美好的日子！”李·梅隆说。这是我

---

① 亨利·米勒（Henry Miller，1891—1980），美国著名作家，代表作有《北回归线》（*Tropic of Cancer*）、《南回归线》（*Tropic of Capricorn*）等。

第一次听他说美好的日子。他什么都说过，除了美好的日子。说不定他这么说只是为了迷惑我。这个目的达成了。

“我从没去过大苏尔，”埃莱娜望着窗外飞驰而过的乡村说道，“我去东部上大学的时候，父母搬到了卡梅尔。”

“大学妞？”李·梅隆突然转向她，就好像她刚刚宣布，后座上的那些食物不是真的食物，而是精心设计的蜡像。

“哦，不！”她得意扬扬地说，“我每门课都挂科。我太笨，在学校待不下去。我离校的第二天，他们就炸了学校，因为他们觉得学校已经没用了。”

“挺好的。”李·梅隆说。他的视线重新回到驾驶中。

天上有一只大鸟。它飞到洋面上，在那里盘旋。

“真美。”埃莱娜说。

“真是美好的一天！”李·梅隆重复这句让我错愕的话。

摩托车

傍晚的时候，我们就快到家了。半英里外有一座木桥，桥下是一条湍急的小河。我拉着埃莱娜的手。太阳延续着它在古埃及时期的使命，朝天空和太平洋的交界处隐去，就像雾霭中的一瓶啤酒。李·梅隆手握方向盘。我们都心满意足。

李·梅隆靠边，下了高速，开向那辆老卡车，然后把车停在那里。

“那是什么?”埃莱娜问。

“那是一辆卡车。”我说。

“别闹了。”她说。

“我自己造的。”李·梅隆说。

“原来如此。”埃莱娜说。在如此短暂的时间内，她已经发现并理解了李·梅隆外表下所发生的一切。这让我很满意。

“好，我们到了，”李·梅隆说，“这便是家宅。”

“这片土地是我爷爷分到的。他曾与印第安人、旱灾、洪水、牧牛人、狡猾的野兽、南太平洋、弗兰克·诺里斯①以及烈酒进行过殊死搏斗。不过，你知道我们梅隆家的人过去和现在需要面对的、最糟糕的东西，那终将把我们统统击垮的东西是什么吗？”

“不知道。”埃莱娜说。

“是梅隆诅咒。每十年，它就会化为一条巨型猎犬卷土重来。就像‘那不是人的或野兽的脚印，

① 弗兰克·诺里斯（Frank Norris，1870—1902），美国作家，代表作《“莱蒂夫人号”上的莫兰》（*Moran of the Lady Letty*）。

那是一条巨型的梅隆诅咒'[①] 那样。"

"听上去像是那么回事。"她说。

我们带着食物，穿过厨房墙上的洞。家里的猫纷纷冲进灌木丛，就像书被收进图书馆一样。它们会在那里待上一会儿，不过饥饿最终会驱使它们回到我们身边，就像经典故事里那样：哈姆雷特，小城畸人[②]。

"那些鳄鱼怎么办？"埃莱娜说。

"今晚就先不管它们了，待在车上没事的，"李·梅隆说，就好像鳄鱼本来就该生活在车上，"这一天我已经等了几个月了。我们要让那些青蛙

---

① 这句话是戏仿英国小说家柯南·道尔（Arthur Conan Doyle，1859—1930）的中篇小说《巴斯克维尔的猎犬》（*The Hound of the Baskervilles*）中华生医生的话："福尔摩斯先生，这些脚印是一条巨型猎犬留下的！"

② 《小城畸人》（*Winesburg，Ohio*），美国作家舍伍德·安德森（Sherwood Anderson，1876—1941）创作的短篇小说集，讲述主人公乔治·威拉德在温士堡镇长大，并且最终离开小镇的故事。

知道，在这座粪堆上，人类才是支配一切的生物，而它们最好乖乖听话。”

埃莱娜环顾这个地方，大苏尔之光正在她的发梢上闪烁，她的头发和加利福尼亚完美契合。“蛮有意思。”她正说着，头就撞上了天花板。我安慰她，但不过是多此一举。她并没有撞得很用力。我见过有些人撞上房梁的力道，能把骨头击碎。而与之相比，这只不过是温柔地拍了一下她的头而已。

“这间房子是谁设计的？”她问，“弗兰克·劳埃德·赖特[①]？”

“不，”我说，“是弗兰克·劳埃德·梅隆。”

“哦，他也是建筑家。”

李·梅隆走过来，用一种奇怪的姿势弯下腰，

---

① 弗兰克·劳埃德·赖特（Frank Lloyd Wright，1867—1959），工艺美术运动美国派的主要代表人物，美国最伟大的建筑师之一。代表作有位于宾夕法尼亚州的流水别墅（Falling Water）。

检视着天花板。他就像医生，在检查一位死者的脉搏。我看了看自己。我也以同样的姿势弯着腰，埃莱娜也一样。我们一同参与了著名的李·梅隆室内弯腰盛典。若是在宗教裁判庭上，这个活动本该获得版权保护。

“这里有点儿矮。”他对埃莱娜说。

“没错。”我说。

“你会习惯的。”李·梅隆对埃莱娜说。

“我确信她会的。”我说。

“我会的。”她说。

李·梅隆从买回来的杂货中拿出一瓶葡萄酒，我们走到平台上，对着夕阳举杯。那太阳就像一个啤酒瓶，在海面上碎开。我们在这些埃及碎玻璃中注入了自己的形象，但并不强附深意。拉[①]的每一块碎片，都被装上六十马力的约翰逊牌舷外发动机，驶向远方。

那瓶葡萄酒是温迪兄弟酒庄的灰雷司令干白，

---

① 拉（Ra），古埃及神话中的太阳神，九柱神之首。

很快就见了底。

“我们住在哪里？”埃莱娜问。我和她回到车上取旅行箱，然后带她前往玻璃屋，路过覆盖着渔网的花园。

“那是什么？”她问。

“那是个覆盖着渔网的花园。”

我们走进玻璃房，她看了看地板。

“一辆摩托车？”她说。

“算是吧。”我说。

“李·梅隆的？”她说。

“是的。”

“嗯嗯。”她点点头。

“这个地方真舒服，”她将双手垂在身侧，然后她看见了那本《圣经》，“你是个牧师！”

“没错。我曾在穆迪圣经学院念书，致力于成为一名教堂的看门人。现在我在纳帕州立医院读研究生。很快我就能拥有属于自己的教堂了。我正在度假，每年我都到这里来，为了大海。”

“嗯嗯。”她点点头。

埃莱娜坐在我睡觉的地方，抬起头看了看我，然后小心地躺在睡袋上。“这就是你的床。”她说，什么也没问。

我的床上没有刻牛仔竞技比赛的图案，没有马，没有牛仔，也没有畜栏。只有睡袋。我开始感觉别扭，似乎每个人的睡榻上都该有牛仔竞技比赛。

我向窗外望去，李·梅隆正走在来这儿的路上。我朝他摆摆手，示意他回去。他停下脚步，看了看我，像一位邦联将军那样高昂着头。然后他回身，朝厨房墙上的那个洞走去。

“灯笼下面是什么东西?”埃莱娜说。

“摩托车。”我说。

告别青蛙

当晚，埃莱娜做了晚餐。有一个女人在灶前忙碌，是多么幸福的事啊。煎着猪排的时候，她就是我们绚丽的美食女王。我这才发觉，李·梅隆的厨艺已对我的灵魂造成了如此深刻的创伤。

我觉得我受伤的心灵仍未从他的摧残中康复过来。我在那些悲惨的回忆四周筑起一层层防御机制，但心里的伤还在。若稍有松懈，哪怕只是一瞬，他那糟糕厨艺的铁蹄就会再度腾跃在我的味蕾上。

李·梅隆燃起一堆宏伟的火焰，我们坐在壁炉旁，喝特浓的黑咖啡。埃莱娜甚至带了猫粮来。那些猫坐在我们身边，像毛茸茸的蕨类植物一样，在火焰前伸展着。大家都愉快而舒适。当一阵植物似的呼噜声从猫远古记忆的深处传来时——它们还不习惯这种满足——我们开始聊天。

“你父母是做什么的？”李·梅隆像长辈一样说话。我被咖啡呛了一下。

“我是他们的女儿。”埃莱娜说。

李·梅隆呆滞地盯了她几秒。“这故事我似乎有点印象。我猜是柯南·道尔。《聪明绝顶的女儿》。”李·梅隆说。

他到厨房去，拿来一个完好的苹果，开始用他的六颗牙琢磨它。我知道那苹果是脆的，但他嘴里发出的声音并没有体现出这一特点。

“我的父亲是个律师。”埃莱娜说。

李·梅隆点点头。他的嘴角上留有苹果手雷的弹片。

埃莱娜凑过来，把手放在我的大腿上。我搂着她，背靠着木墙。在他陈腐的鹿皮上，李·梅隆加冕成王。

夜晚从屋外袭来，把光借走。一开始它只借

几分钱的光，而现在它每秒都要借走几千美元。很快，我们的光就要熄灭，银行破产，出纳失业，行长绝望自杀。

我们安静地坐在那里，看着李·梅隆英勇地向苹果发起全世界最漫长的进攻。我们贴近彼此，接着又回到安静地看着李·梅隆和苹果的状态，然后又重新投入二人世界。最后，我们不再关注那场苹果假面舞会，完全沉浸在亲热之中。

吃完苹果后，李·梅隆把上下唇狠狠地拍在一起，就像敲钹一样。这时，我们听见了第一只蛙的声音。

“又来了！”李·梅隆说。他立即命令麾下骑兵准备进攻，山谷里尘土飞扬，一阵喧嚣在无数战旗和军鼓中响起。

第二只青蛙的鸣声传来，接着又是第一只青蛙，然后第三只青蛙加入其中。它们一起大嚷一声，然后第四只青蛙穿插而入，另外三只青蛙像爆竹一样突然出现。李·梅隆说：“我去带鳄鱼来。”他点起一个灯笼，穿过厨房墙上的洞，顺着小路前往停车的地方。

埃莱娜一定是突然睡着了。她在地上躺着，头枕在我的大腿上，从睡梦中惊醒。“李・梅隆去哪儿了？”她说。我几乎听不见她的声音。

“他去拿鳄鱼了。”我大声地说。

“那是青蛙吗？”她指着黑暗中的池子问，噪声正在水中渐渐沸腾。

“是的。”我大声地说。

“不错。”她大声地说。

李・梅隆带着鳄鱼归来，脸上露出六颗牙的完美微笑。他把盒子放下，拿出其中一条。那条鳄鱼惊讶地发现自己竟然不在宠物店。它环顾四周，寻找着住在它的水族箱隔壁铁笼里的那些小狗。小狗全都消失了，鳄鱼在想它们去哪儿了。李・梅隆把鳄鱼提在手里。

“你好啊，鳄鱼！”李・梅隆吼道。那条鳄鱼还在寻找小狗。它们去哪儿了呢？

“你喜欢蛙腿吗？”李・梅隆对鳄鱼吼道，然后小心地把它放进池中。鳄鱼趴在水上一动不动，就像一条玩具船。李·梅隆轻轻推了它一把，鳄鱼向池心航去。池子瞬间安静下来，就好像忽然掉进墓地中央。李·梅隆从盒子里拿出第二条鳄鱼。

第二条鳄鱼四处张望，寻找着小狗。它的寻找同样无果。它们去哪儿了呢？

李·梅隆摸了摸鳄鱼的背，把它放进池中，它轻轻漂走。池里的沉默加重了一倍。沉默就像浓雾笼罩蛙池。

李·梅隆站在那里，难以置信地盯着那漆黑湿润的沉默。“它们不复存在了。”他说。

“是啊，”我说，“现在那里面除了鳄鱼，什么也没有。”

烟草仪式

夜晚降临。我躺在床上，埃莱娜搂着我，就像缠绕在我影子上的一根葡萄藤，这一切多么美好啊。她战胜了吞噬记忆的蝗虫、那场悲惨的鼠疫和同样悲惨的辛西娅。

现在我觉得，就算凯奇坎的一条鲑鱼落到她头上，也不是什么怪事。我可以想象凯奇坎报纸的头条：天降鲑鱼击中女孩，小标题也想好了："被砸得比烙饼还扁"。

我的手抚过埃莱娜的脸，找到了嘴。她的唇张着，于是我的手指轻扫过她的牙齿，触碰她沉睡的舌尖。我就像一位音乐家，演奏着一架黑暗钢琴。

入睡前，关于李·梅隆的念头排成整齐的纵队，高举战旗，敲着军鼓从我的脑海中走过。我想起一个遥远的历史时期，叫作三天以前。我想起李·梅隆的烟草仪式。

当时他极度渴望吸烟，可是烟草用光了。他只好前往戈尔达，踏上一趟阳光下的烟草之旅。自从我来到大苏尔后，这已是他第五还是第六次去那里了。

李·梅隆的烟草仪式是这样的：当他缺乏烟草，又无法从现实中的正当渠道获取时，他就会远足到戈尔达。当然，他没有钱买烟草。所以，他会在高速公路的一侧，比如靠圣卢西亚山脉的一侧，沿途寻找掉在路边的烟头，并将所有烟头放进一个纸袋里。

有时候他能找到一堆烟头，就像魔法森林里

的蘑菇圈[1]一样。但有时候他得走上一英里路，才能找到一个烟头。当他终于找到的时候，脸上会闪过一个六颗牙的奇观。这在其他地方，也许叫作微笑。

有时候他走了大概一英里半的路，却仍找不到一个烟头。然后他就会很沮丧，幻想自己永远也找不到烟头的样子：沿着高速一路走到西雅图，一个都没找着。然后他转而向东，一路走到纽约，在路边仔细地寻找，月复一月，却始终一无所获。他妈的一个都没有。一个美国梦就这么终结了。

到戈尔达要走五英里路。到了之后，他会掉转方向，沿着高速公路靠太平洋的一侧走回来。公路下方，太平洋正将海的骨灰抛撒到岩石和海岸上，鸬鹚用翅膀扇动着空气，鲸鱼和鹈鹕也在太平洋忙着各自的事情。

---

① 蘑菇圈（Ring of Mushrooms），一丛蘑菇围成圆圈生长，是真菌特有的生长方式。欧洲文化中，蘑菇圈被视为具有魔法的事物，又称仙女圈（Fairy Ring）。

就像一列巴尔博阿轻轨列车[①]，李·梅隆在西部世界的海岸，和回家的五英里路上，四处找寻着烟头，找寻着烟草王国的放逐者。

回到家后，他会坐在壁炉前，把所有烟头细细拆开，直到它们变成报纸上一些稀松的烟草。然后他会小心地把它们混合在一起，一次又一次又一次，把烟草一根根拆分，再拆分，再拆分，最后把混合物放进一个空罐子里。

李·梅隆的烟草仪式延续着，这种愉悦唯有伟大艺术可以衡量，缭绕的烟雾如同挂在肺里的名画。

李·梅隆是我入睡前想到的最后一件事。在那之后，我彻底落入了埃莱娜的温存中。李·梅隆在梦的边缘，像烟草屑一样碎开。

---

① 巴尔博阿轻轨列车（Balboa），太平洋电力铁路最南端的一趟列车。

回到莽原

第二天早晨醒来时，阳光透过玻璃墙照进屋子。但是埃莱娜却不在睡袋里。这让我有些不安……哪儿去了？然后，我发现她俯身站在那堆摩托车零件旁边，赤身裸体。她的臀部让我对进化论重新燃起了希望。

“这摩托车!”她大声自言自语，听上去就像一只母鸡正在责骂一只散架的小鸡。

“这摩托车!”她重复道。你这臭小鸡！你的头哪儿去了！

“你好，”我说，“你的屁股不错。”

她转过身，对着我笑。“我刚刚在看这辆摩托车。它好像缺点儿东西。”她说。

“是啊，缺个殡仪员，”我说，“一副摩托车棺材，几句送别辞。最后一程，送它缓慢而庄重地驶向马博镇。你的胸不错。”我说。

太阳透过窗，使整个房间充满热摩托车的味道，似乎摩托车是一种烤肉。

我要一份烤摩托车配黑麦面包，谢谢。

需要什么饮料吗，汽油？

不，不用了。

埃莱娜把手放在胸上，一副很娇羞的样子。“猜猜我是谁？”

“好吧，你是谁？”

她昂起头，露出微笑。

我用余光瞥见了一个东西向我靠近。那是李·梅隆，他正从小路上走来。我朝他摆摆手，让他回到厨房的洞里去。

他并不想离开。他做出吃早餐的动作，搭配上夸张的表情，想要表现出早餐的食物有多么美味。那真是一顿丰盛的早餐，有猪排、鸡蛋、炸土豆和新鲜水果。

一只兔子从李·梅隆身后溜过，他没有看见。那只兔子藏进灌木丛中，向外张望着，耳朵紧贴着脑袋。如此明媚的大苏尔早晨，难道爱丽丝会迟到吗？

“你就是那个？”我对埃莱娜说。她点点头……是的。早餐变得更加费解了。她的手从胸上放下，身子微微前倾。

我对着李·梅隆奋力地摆了摆手。他慢吞吞地后退，回到厨房墙上的那个洞里。那是他命中注定的莽原。

猪排鳄

刚要吃早餐时，天下起雨。阳光像一根炮管，不时从云中探出。太平洋上空三十度的方向上，有一支强大的军队：总司令尤利西斯·辛普森·格兰特将军率领的波多马克军团。李·梅隆正拿一块猪排喂鳄鱼。伊丽莎白在他身边。

“你这鳄鱼不错。”她说。她微笑着，露出诞生于皓月的牙齿，鼻孔像是美玉雕琢而成。

“吃块猪排吧。”李·梅隆说着，把一块猪排塞入鳄鱼的喉咙，那条鳄鱼趴在他的大腿上，鳄鱼说，“吼！——噗/噗/噗/噗/噗/噗/噗/噗！”猪排的骨头从它的嘴里冒出。

伊丽莎白的腿上也趴着一条鳄鱼。她的鳄鱼

一言不发，没有猪排从它的嘴里戳出。

有一种美妙的温柔在她身上发光，就好像肌肤之下藏着灯笼一样。她的美令我难过。

“你好。”我说。

“你好，杰斯。”

她还记得我。

“这是埃莱娜。”我说。

“你好，埃莱娜。”

“吼！——噗/噗/噗/噗/噗/噗/噗/噗！”鳄鱼说着，猪排的骨头从它的嘴里冒出。

伊丽莎白的鳄鱼嘴里没有发出什么惊人之语，一条温驯的鳄鱼应该继承大地的品质。

“我饿了。”我说。

“我知道。”李·梅隆说。

伊丽莎白穿着一条素白长裙。

“早餐吃什么？”埃莱娜问。

“一座博物馆。”李·梅隆回答。

“以前从没在这儿见过什么鳄鱼，”伊丽莎白说，“挺可爱的，它们在这儿做什么？”

“洗青蛙澡。”埃莱娜说。

“陪伴，”李·梅隆说，“我很孤独，而我们的鳄鱼能奏出优美的音乐。”

他的鳄鱼说：“吼！——噗/噗/噗/噗/噗/噗/噗/噗！”

“你的鳄鱼看上去就像一架竖琴。”伊丽莎白说，说得跟真的一样：她的言语中生长出琴弦。

“你的鳄鱼看上去就像一个装满口琴的手提包。”李·梅隆说。他像一条撒谎的狗，嘴里吹着唤狗的口哨。

“去你的鳄鱼！”我说，“有咖啡吗？”

他们笑了。伊丽莎白的声音里有扇门，打开它你就会发现另一扇门，而那一扇门后不过是又一扇门。每扇门都通往离开她的方向。

埃莱娜看着我。

“我们泡些咖啡吧。”我说。

“咖啡早就泡好了，”李·梅隆说，“我说了，你没听见。”

“我去拿来。”埃莱娜说。

“我和你一起去。”

“好。”她说。

那朵黑云又升高了几度，一只钟和一阵风从小屋旁经过。这阵风像箭在我们身边的空气里穿梭，让我想起阿金库尔战役[①]。啊，阿金库尔——美尽在言说之中。

“我去添根柴火。”我说。砰！我的头撞到了天花板。手里的咖啡把两个白杯子里外染得黑如子夜。

“我要一杯咖啡，如果还有剩的话。”伊丽莎白说。让它成为第三个变黑的杯子。

“吃早餐吧。”有人说。也许是我。当我非常饿的时候，很容易说出那样的话。

猪排和鸡蛋很好吃，搭配上几块炸土豆和一罐美味的草莓酱。李·梅隆又和我们一起吃了第二顿早餐。

---

① 阿金库尔战役（Battle of Agincourt），发生于1415年10月25日，是英法百年战争中著名的以少胜多的战役。

他把猪排从鳄鱼的嘴里取出，把鳄鱼当作放盘子的小桌。“帮我煎一下这块，”李·梅隆说，“已经变嫩了。”

那条鳄鱼不再说：“吼！——噗/噗/噗/噗/噗/噗/噗/噗！”桌子不该说那样的话。

俳句：原上鳄

雨落得正急，风涌入墙上的洞，恰如邦联军：荒原——数千士兵占领几英里乡村——荒原！

伊丽莎白和李·梅隆到另一间小屋去了，他们有些话要说。埃莱娜和我留在这里抱着鳄鱼。我们并不介意。

1864 年 5 月 6 日，一位陆军中尉身受重伤，倒地不起。古雅的大理石渐渐覆盖他的指纹，世界从两侧向记忆坍陷。倒地的他，在历史中升华。又一颗子弹击中他的躯体，使他猛地一抽，就像某部电影里的一个影子。或许是《一个国家的诞生》[1]。

---

① 《一个国家的诞生》（*The Birth of A Nation*），由大卫·沃克·格里菲思（David Wark Griffith，1875—1948）执导的关于南北战争的电影。改编自汤玛士·狄克森（Thomas Dixon，1864—1946）的小说《同族人》（*The Clansman*），1915 年 2 月 8 日首映。

他一般待在花园

“哎哟!”伊丽莎白说，“这天花板。”真可怕，然后她坐下。

我们把鳄鱼放回池中，它们慢慢沉入池底。水面上雨点密集，没有人看得见池底，没有人想看。

伊丽莎白坐在那儿，白裙如同一只天鹅，缠绕着她的身体。她开口时，天鹅里流出一面湖，一个永恒的命题便有了解答：先有湖，还是先有天鹅?

“昨晚我见到了那个鬼魂，”她说，“在鸡舍边上。我不知道他在那里做什么。他一般待在花园那边的谷地里。”

“那个鬼魂？”埃莱娜说。

“对，我们这儿有一个鬼魂，”伊丽莎白说，“他是一个老人。高地上的那栋房子，就是他的。他年纪大了，只好搬去萨利纳斯住。据说他因心病死在那里，鬼魂回归大苏尔。有时他会在夜里出来走走。不知道白天做些什么。

“昨晚我看见他了。他在鸡舍边上，不知道在干什么。我开窗，对他说，‘你好啊，鬼。你在鸡舍边做什么呢？平常不都在花园那边吗？出什么事了？’

“鬼喊道：‘冲啊！’随后挥起一面大旗，冲进林中。”

“一面旗？”埃莱娜说。

“没错，”伊丽莎白说，“他是美西战争[①]的老兵。”

---

① 美西战争（Spanish-American War），1898 年美国为了夺取西班牙在美洲和亚洲的殖民地古巴、波多黎各和菲律宾而发动的战争。

“哦。他惊到孩子了吗？”

“没有，”伊丽莎白说，“孩子喜欢有人陪伴。对于孩子来说，这个国家有些太孤单了。他们欢迎鬼来。而且，他一般都在花园那边待着。”伊丽莎白笑了。

鳄鱼们浮到水面上。雨不再下。伊丽莎白穿着一条白裙。李·梅隆挠挠头。夜幕降临。我对埃莱娜说了几句话。池子静得像《蒙娜丽莎》。

“列兵奥古斯都·梅隆何在？”上尉问。

“不知道他去哪儿了。几分钟前还在这里呢。”中士回答。他留着黄色的长胡子。

“每次都是几分钟前。他就不能现在在这里一次吗。他大概和平常一样，在外面偷东西吧。”上尉说。

那阵伐木声

我们回到山上的小屋，上床睡觉。伊丽莎白找李·梅隆有些事。她的孩子们在金城拜访某个人。埃莱娜脱掉衣服。我很困，什么也不记得。我合上眼，也可能是它们自己合上了。

然后，我感觉有东西晃动着我。较地震更轻柔，持续不停，就好像大海来到我身边，变得又小又暖，且通人性。然后海说话了。“醒醒，醒醒，杰斯，”是埃莱娜的声音，“醒醒，杰斯。你听见伐木声了吗？”

“什么东西，埃莱娜？”我说。我揉着黑暗，我的眼即是黑暗。

“是伐木声，杰斯。”

“不，你再说一遍。”

“伐木声。是伐木声。”

“好吧。”我说，我不再揉搓黑暗。就当它是伐木声吧，就当它是美妙的伐木声吧。我向后倒去，再度陷入睡眠。

“醒醒，杰斯!”她说，“是伐木声!”

好啦!我又醒了过来，确实有伐木声，就好像有人砍倒了一片森林。说不定是一群人。“好吧，确实是伐木声，”我说，“我想我最好去看看怎么回事。”

“我就是这个意思。”她说。

我点起灯笼：哦，好吧，又来了。上一次这样出去，结果就有了你。“几点了?”我问道。我翻过身去，看着埃莱娜。她真好看。

“我又不是钟。”她说。

我穿上衣服。

“我留在这儿，”埃莱娜说，“不，我还是和你一起去吧。”

“随便你，”我说，“说不定是保罗·班杨[1]在外面，急着寻女人交欢。也可能是有人拿着斧子，想要偷汽油。”

“拿着斧子？”

“是啊，他们经常这样。有时候他们还带着犁头、鞋拔子和袋鼠的育儿袋来偷汽油。”

“你们的汽油究竟有什么特别的？”埃莱娜说。

“它在这个地方。”我说。

我在腰带上插了一把刀。

“你带那个干吗？你想做什么？像威廉·邦尼[2]那样杀了我？”

“不，不。”

“随便你，”她说，“如果你想要那样也无妨。”

“外面说不定有个疯子之类的家伙。而且这是我和李·梅隆合作演出的绝活。我负责砍，他负

---

① 保罗·班杨（Paul Bunyan），美国神话中的巨人樵夫。

② 威廉·邦尼（William Bonney，1859—1881），美国著名罪犯，西部传奇人物，曾谋杀21人。

责射。这工作可他妈好了。”我一边说，一边轻抚她的头发：哦，我心头的枪女郎！

夜透着些许凉意，星辰如流体般清澈：一闪，一闪，小马天尼星。正是这颗星将我引向你。是有人拿着斧子想偷我们的汽油吗？

163 把装满汽油的斧子。

让我们去瞧瞧，小星星。作为这座粪堆上支配一切的生物，我们别无选择。我们得对自己负责。

伐木声沿着曲折的小路，从高速路的另一边传来。那是一阵阵劈砍的声音，响亮而孤立于黑暗之中：咔！

我们以黑暗为光。埃莱娜紧靠着我。我寻找着方向，像一个盲人，将勺子小心地探入汤中，寻找字母表。

“为什么不带盏灯来？”埃莱娜说。

“不想让别人发现我们在这儿。”

“我们不在这儿。”她说。

前方出现一束诡异的光，从伐木声的源头

射出。

“那是什么?”埃莱娜悄声说。

“反正不是时空隧道。”我说。我们慢慢靠近，最终找到了光源。我们看见一辆车的前大灯，像铁钩一样伸入山中。一个拿着大斧子，个头矮小的人，正将树一棵棵砍倒，再全部堆到车上。

现在，那辆车看上去就像一座森林。车上的灯就像森林里的明月，或是一串焰火。

“早上好。”我说。

那人停下手里的活，有些惊讶地看着我。“是你吗，梅隆老兄?”他说。

“不是。”我说。

“正是。”李·梅隆说。他忽然出现在我们旁边。埃莱娜像一条鱼一样蹦起来，撞在我的手臂上。

“早上好，梅隆老兄。”那人说。他站在一辆顶着“森林”的车旁边，手里握着斧子，看起来有些狂暴。

“你在做什么呢，老弟?”李·梅隆说。他挡在我面前，看起来异常紧张。

“我要用这些树把我的车盖住，这样他们就找不到我了。他们要抓我，那些条子。我正在潜逃，刚付了一张两百美元的超速罚单。我能在这儿躲躲吗，梅隆老兄？”

“当然，快别砍树了。”

“你旁边那些人是谁？不是警察吧？那女的是警探吗？”

“不，这是我兄弟，那是他的女伴。”

“他们结婚了吗？”

“对。”

“那不错。我恨警察。”

然后他开始砍另一棵树，那是一棵直径四英尺的红杉。“住手，老弟。”李·梅隆说。

“怎么啦，梅隆老兄。”

“我看今天树已经砍得够多了。”

“我不想让他们发现我的车。”

“你已经在上面盖了一座森林了，”李·梅隆说，“再说，你那究竟是什么车？”

看上去像是一辆跑车，上面堆满了树，反正绝对不是大奖赛里的那种车。

“那是我的宾利炸弹，梅隆老兄。”

“好吧，我想你已经砍得够多了。要不你把大灯关了吧。你把大灯关了，警察就找不到你。”

“好主意。”那人说。

他从车上搬下几棵树，打开车门，把灯熄了。然后他关上车门，把树重新堆回车顶。

他从灌木丛中摸出一个纸袋。他在黑暗中凭直觉找到了它。袋子里似乎有一些瓶子。

“把我藏起来，梅隆老兄。”他说。他看上去就像《夜困摩天岭》里的亨弗莱·鲍嘉[①]，只不过身材矮胖，头发全秃。他不知道从哪儿拿来了一个手提箱，将它死死夹在手臂下面，样子就像

---

① 《夜困摩天岭》(*High Sierra*)，拉乌尔·沃尔什（Raoul Walsh，1887—1980）1941 年导演的一部警匪片。亨弗莱·鲍嘉（Humphrey Bogart，1899—1957）在其中饰演一名服刑刚满的犯人罗伊·厄尔（Roy Earle）。

一个犯了罪的商人。

“我们走，罗伊·厄尔。”李·梅隆说。我们与一个相同的化身建立了联系：亨弗莱·鲍嘉在《夜困摩天岭》中扮演的角色。

我们四人从摩天苏尔岭上下来，罗伊·厄尔和李·梅隆渐渐走到了前面。一切都是缘分使然。

一棵树的枝干被炮弹碎片割得粉碎，坠入小溪中。水上的波纹和树枝融合在一起，就像一则新闻头条：**奥古斯都·梅隆哪儿去了**?黑泥从水底翻腾而上。

一匹马倒在灌木丛里静静喘息。枪火巨大的轰鸣，将马惊得如烈火般暴起。此时，正当1864年。

战后美国简史

我们从厨房墙上的洞进屋时，伊丽莎白正坐在壁炉旁。她没有穿那条白裙，而是将一条灰色的毯子裹在身上，就像一件残破的邦联军装。她注视着炉火，没怎么理睬我们。

“她是警探吗？”罗伊·厄尔说。他跳来跳去，不断转移着纸袋。“她看上去像个警探，那种专抢女人钱包的警探，自己的包里还藏着一把笔形催泪瓦斯。”

这时，伊丽莎白不再注视炉火。她不可置信地盯着罗伊·厄尔，他已经开始跳起舞来。

“你是谁？”她问道，就像在和一只虫子说话。

“我是约翰斯顿·韦德，”他说，“我是位于圣何塞的约翰斯顿·韦德保险公司的老大。什么叫'你是谁?',我可是个大人物。我的手提箱里有十万美元。袋子里还有两瓶占边威士忌、一些芝士和一颗石榴。"

"这位是罗伊·厄尔,"李·梅隆向伊丽莎白介绍客人,"他有些疯,目前正在潜逃。"

"谁敢说这不是十万美元?"罗伊·厄尔说。他从手提箱里取出十万美元,分成一沓沓百元钞票,整齐地摆在一起。

然后他跪在伊丽莎白身边,郑重地看着她的眼睛说,"你看起来还凑合。给你三千五百美元现金,和我上床吧。"

伊丽莎白用灰色军装裹紧她的肩膀,视线回到炉火中。一根木头在炉中燃烧,但上面没有虫子在盯着她,没有 bon voyage,没有一路顺风。

"没人想听你那鬼话。"李·梅隆说,他就像一个英武的邦联将军。那是他的过去。

罗伊·厄尔看了看埃莱娜。疯狂从他的身上不断滴落,就像洪水般的肥皂泡,怒吼着冲过卡尔斯巴德洞窟[①]。“我给你两千美元。”他说。

“把他弄走。”我说。

“我来搞定这件事，杰斯。我了解这家伙。”李·梅隆转过身，用尖利的眼神看着罗伊·厄尔。“闭嘴吧，老弟，”他说，“坐到那边去，把你的嘴巴乖乖关好。”

罗伊·厄尔靠着木墙坐下。他把那十万美元放回手提箱里，将手提箱放在地上，然后把脚跷到箱子上。他坐在那里，脚跷在箱子上，从纸袋里取出一瓶占边威士忌。

他撕掉瓶封，拧开盖子，往嘴里灌了一大口威士忌，然后毛发耸起，一口气吞下。说来也奇怪，毕竟如我所说：他是个秃子。

他满足地发出鼻音浓厚的声音，把上下唇狠狠拍在一起，眼睛转得就像狂欢节里的廉价章鱼车。他把酒瓶放回纸袋中，然后露出新生婴儿般

---

① 卡尔斯巴德洞窟（Carlsbad Carverns），位于美国新墨西哥州东南部的天然洞穴群，由超过 117 个洞穴组成。

天真的样子。

那可把李·梅隆惹火了。

“等一等，老弟。”

“怎么了，梅隆老兄？”

“我们没‘调味汁’了，老弟。”

“调味汁？”

“没错，就是你袋子里那本钦定版《圣经》，老弟。”

“噢，你想喝酒？”

“我才不要那救命的玩意儿。”

“有意思。”罗伊·厄尔开始狂笑，把脚从他的钱上挪开，滚到地板上，两条腿在空中乱蹬，就像做土豆泥一样。然后他爬起来，坐好，把脚放回他的钱上。

他直勾勾地看着我们，忽然间，他就好像消失了一样。他微笑着坐在那里，怪吓人的。他的假牙暴露在摇晃的灯光下，就像一座座闪着幽光的坟墓。他看起来十分凄惨，都快没人形了。

李·梅隆看了他一眼，轻轻摇了摇头，从他

手里夺过纸袋，将它打开，拧掉占边威士忌的瓶盖，灌了一大口，然后递给伊丽莎白。伊丽莎白裹着邦联军装，做了同样的事。

伊丽莎白将它递给我，我递给埃莱娜。她喝了一小口，然后还给我。

砰！我那该死的头撞在天花板上。我咽下几口威士忌止痛。效果不错。罗伊·厄尔始终微笑着。

“我们得聊聊，罗伊。”李·梅隆说。

“我的名字是约翰斯顿·韦德。我经营着圣何塞的约翰斯顿·韦德保险公司。我老婆想把我送进疯人院，就因为我买了一辆新车：我的宾利炸弹。她觊觎我的财富，我那在斯坦福的儿子和在密尔斯学院的女儿也一样。

“他们想把老子关起来，把老子送进疯人院。那好，我就给他们个惊喜。我刚刚付了两百美元的超速罚单，这下他们可以见鬼去了。

“你觉得如何，嗯？老子比他们聪明多了。我到银行去，把所有的存款、股票、债券、房契还有珠宝都取走了，还买了一颗石榴。”

他将手伸进袋子里，取出那颗石榴，将它捧在手里，就像一个展示奇迹的魔术师。

“我在沃森维尔买的，”他说，“十分钱一个。这是我这辈子花得最值的十分钱。那个在密尔斯学院学算术和现代舞、整天琢磨着怎么把她老爸赚的每一分钱榨干的王八蛋，她可别想得到这十分钱。

“那个在斯坦福学医的狗儿子，他也没法把这十分钱从他老爸的食道里掏出来，哈哈。

“那个只会打桥牌的神经病，因为我想要一辆宾利炸弹，就要把我送进疯人院的泼妇。这买石榴的十分钱已经花掉了，她没法把这钱拿去和她在摩根山的情夫偷欢。

“我经营着圣何塞的约翰斯顿·韦德保险公司。我名叫约翰斯顿·韦德。他们想把我关起来，送进疯人院，就因为我已经五十三岁，还想要一辆跑车。这次他们可大错特错了。去他们老娘的。

“我的律师让我把每分钱都带好，找个地方躲起来，离家潜逃。他们没法找到这儿来。对吧，梅隆老兄？

“我的律师会从我在圣迭戈的秘密狩猎小屋发电报来。就在我捕到驼鹿和科迪亚克熊的地方附近。

“等我的律师摆平一切，挫败了他们的诡计，他就会发电报来。就是这样。难道不是吗，梅隆老兄？”

然后他突然安静下来，盯着我们看，脸上依旧是那副愚蠢的笑容。他说出这些事的时候，就像一个战犯，在报告自己的名字、军衔和编号。

一只乌鸦由于畏惧荒原，设法在身体周围结了网。其他的生物——老鼠、甲虫、兔子，也用网将自己缠绕。那被它们所利用的蜘蛛，已经变得又瘦又长，等待着坟墓之门敞开。

一位十六岁的男孩，身上的军装被撕得凌乱不堪，如同地震中的操场。他的尸体躺在一位五十九岁的老人身边，军装如教堂神圣庄严、圆满、封闭、了无生机。

李·梅隆的圣何塞缝匠肌[①]

我们听得呆住了。李·梅隆把他带走。他的精神已彻底破碎。没有人吭声，没有人能。星星也在汪洋上静默，它们别无选择。

伊丽莎白的目光回到炉火中，埃莱娜坐了下来。我们在等李·梅隆。星星在等，伊丽莎白在等，埃莱娜在等，我在等。甚至等待本身也在等，不过比星星稍逊一些，它们的等待更加漫长。

“梅隆老兄万岁！”罗伊·厄尔的叫喊声从另一个小屋传来。

---

① 缝匠肌（Sartorious），一对细长的大腿肌肉，负责屈髋、屈膝与盘腿的动作。

“闭上你的嘴，疯子！”

“梅隆老兄万岁！”

“疯子！疯子！”

然后又是寂静，星星停在我们头上……伊丽莎白沉默着。“要咖啡吗？”埃莱娜说。她试图在我们所面对的这件事里把握住一点现实感。这让我想起一位法国厨师处理一个“双头龙”洋葱的情景。

“好主意。”我说。我想帮她，因为我也渴望找到现实感。目前困住我们的并不值得留恋，还是现实更好些。

埃莱娜泡了些咖啡。没有用。

在我的脑海中，李·梅隆变成了世界上独一无二的邦联精神病医生：在苏黎世受训，身披战旗，高呼“马里兰！——我的——马里兰！”的精神病医生，来到大苏尔，潜入梦境。这种现实，降临在我们身边。

伊丽莎白注视着炉火，而埃莱娜的咖啡成了场景中一个焦虑的标志。她因此坐立不安。

“你这个疯子!”梅隆老兄的声音穿破黑暗而来。是的，精神治疗正在进行，我们英勇的、头戴桂冠、身怀桂枝的精神病医生又将一个头脑领向了光明的道路。

“他好像遇到了麻烦。”伊丽莎白说。

星星没有说话。它们等待着。我的那杯咖啡变成了一头患白化病的北极熊：我的意思是，冰凉漆黑。我把它扔进池子。

然后，李·梅隆出现了。他看起来疲惫不堪，两手各拿着一瓶威士忌，给我们每个人倒了些喝。威士忌就像军乐一样扩散开来。“还不如丢给他一把上膛的枪得了，”李·梅隆说，“这家伙疯了。只有把他当作疯子对待，他才会有所回应，因为他就是个疯子。”

“他简直疯得过头了。”我说。

“是啊。”女人们说。

那威士忌让我们松弛了下来。我真想给星星斟上一杯酒。终日俯视凡人，或许有时它们也需要痛饮一番，特别是这样的夜晚。我们醉了。

“他是谁?”我说。

“六个月前他来过一次,”李·梅隆说,“讲了相同的故事,在这儿待了三天。他就像三伏天里的响尾蛇一样疯癫,真是条野狗。他带我到他在圣何塞的家去。路上我们在奈裴斯[①]泡了几天酒吧,他花了两千美元。然后,我们前往他在圣何塞的家。

“他的家人看到我都吓尿了。他们和他描述的完全一样。这不是什么好消息。

“他想要把车库里的一辆卡车送给我。他的宅院可真不一般:三层高,四周环绕着草坪和鲜花,还雇了个日本花匠。宅院位于圣何塞那些精致的小丘间,那是巨资再分配的地方。

“我和他在一起待了一个月。他家里的那些王八蛋都恨死我了。而我不过是想要那该死的卡车罢了。

“我在他家畅饮他按箱购入的佳酿,用他的高

---

① 奈裴斯(Nepenthe),位于大苏尔的一家餐厅。

保真音响听音乐。他带我吃遍圣何塞的高档餐厅，用好酒好菜款待我。他对我绝对没有非分之想，没有占我一点便宜。

“我喝了有十箱好酒，把他家人气得冒烟。那高保真音响有大概一百个喇叭，我把音量调得轰响，直到整座房子溃为一摊泪水。而我不过是想要那该死的卡车罢了。

“罗伊把价值几千美元的高档野营用具、龙虾罐头和别的垃圾放进卡车里。他把一切东西都给了我，除了那该死的钥匙。

“那时我常到车库去探望那辆卡车，它看上去真他妈的好看。那家伙已经完全失控了，疯疯癫癫的，几乎到了现在这种程度。你只能把他当疯子对待，叫他闭嘴，坐下，去上厕所之类的。

“我冲他吼道，‘闭嘴，疯子！’这可把他女儿惹急了。有天早晨，我正躺在一摊酒里，忽然被他老婆叫醒。

“她说，‘你该走了，我已经报了警。你有大概六十秒时间离开，你这个揩油的家伙。’

“我飞快地环视四周，寻找罗伊。他显然不在了。我想他现在应该正受他们监视，于是只好仓皇逃离：卡车没了，什么都没了。

“我醉得一塌糊涂，连鞋都忘了，只好赤脚回到这里来。这趟远足真是地狱一般。后来，一辆运输肥料的卡车载了我一程，我坐在车斗的一堆屎上。

“自那以后，我再没听说过他的消息。我想他们应该是把他囚禁起来了。他虽然不得自由，却也是个大人物。还是很有头脑的。

“刚才我在另一个房间的时候，他悄悄溜走，把那个装满钱的手提箱埋在了某个地方。回来的时候，他身上全是土，看上去就像被一个挖坟的人截了道，然后强奸了。”

奥古斯都·梅隆哪儿去了？这就是本期《荒原号角》的封面报道。有关罗伯特·爱德华·李的内容，请翻到第 5 页。有关鳄鱼的趣事，请翻到第 124 页。

大苏尔的营火

我看见前方，一支跋涉的军队正在扎营，

下面横卧着一个肥沃的山谷，夏日的谷仓和果园坐落其间，

背后，是山腰上梯状的岩壁，陡峭，有些地方高耸，

断裂，露出嶙峋巨石、屹立的雪松和若隐若现的高大形影，

远近散落着数不清的营火，有些在山的高处；

人和马庞大的影子昏暗而模糊，摇曳不定，

而缀满天际——天际！闪现在遥不可及之处的，是万古永恒的星辰。

——惠特曼①

黄昏前，我们饮尽了剩下的威士忌。它躺在我们的脚下，就像一场战争中的神谕。星星在夜空中寻欢，它们被系上绳子，挂在我们的未来。接着，我们看到一团火焰，从海滩不远处，大概三四百码的地方冒出来。那团火忽然向上蹿升，愈发强势、迅猛、迫在眉睫。

李·梅隆立即跑了出去，我一路踉跄着紧随其后。我们到的时机刚好，迟一秒火势就会失去控制。

我们挥动树枝和沙土，奋力击打火焰，甚至

---

① 沃尔特·惠特曼（Walt Whitman，1819—1892），美国著名诗人，民主战士。代表作《草叶集》（*Leaves of Grass*），文中诗句节选自《草叶集》的第 119 首《山腰宿营》（*Bivouac on a Mountain Side*），由李望鹭翻译。

将火焰扔到火焰上来灭火。而当我们正在玩命灭火时，罗伊·厄尔说，“哈——哈，着火了。”不久后，火焰熄灭了。

“但愿灯塔那边的人没有看到，”李·梅隆说，“那地方远在二十五英里外，但他们的眼神是真好。我可不想让他们跑过来指指点点，那太扯淡了。”

我们都大汗淋漓，身上烟味扑鼻，被熏得黝黑。疲惫炙烤着我们的骨头。我们看起来很狼狈，就像“斯莫基熊[①]”的重症患者。

罗伊·厄尔坐在一边，冷静得就像一根黄瓜。他用手遮住双眼：非礼勿视，非礼勿听，非礼勿言，除了“哈——哈，着火了”。忽然间，在一切烟尘之上，美国历史中的伟大超验消防队，以及消防队长沃尔特·惠特曼出现在夜空中。繁星高悬，如同空中的消防车，一束束清光从它们的水管中喷射而出。

---

① 斯莫基熊（Smokey Bear），美国森林防火吉祥物。

来自南部某著名大学的前奴隶贩子，三十七岁的列兵奥古斯都·梅隆逃跑了。他脚下的荒原上，看似随意，实如棋局一般散落着阵亡者的尸体。恐惧拉扯着他衣服上的每一根线。如果他有靴子的话，应该也会被扯住。

他赤脚穿越一条漂满树枝的小溪，发现灌木丛中有一匹静静喘息的马、一只缠绕着蛛网的乌鸦和两个躺在一起的阵亡士兵。他几乎可以听见自己的名字，奥古斯都·梅隆，在寻找他自己。

发现了月桂

那之后，我们都上床休息了。埃莱娜和我回玻璃屋去。花园边上有几只鹌鹑，这时也都飞回山中。

李·梅隆对罗伊·厄尔采取了一些措施。具体是什么我也不知道，但他说罗伊·厄尔不会再四处放火，他们终于可以安歇一阵了：邦联将军和他的夫人。

“我累了。”我们躺下的时候埃莱娜说。

“有件事。”我说。

“什么？”

“下次你听到伐木声的时候，帮我个忙，别理它。”

“好啦……”然后我们轻轻抱在一起。空中的云渐渐聚拢起来，不必担心阳光透过窗户打搅我们的睡眠。

我们在下午醒来。“我想做爱。”埃莱娜说。

好吧。我和她做爱，但我的心思在别处。我也不知道它飘到哪里去了。

我们来到小屋时，伊丽莎白正在那里。她看上去很美。“早安。”她说。

“嗨，早安。”我们说。

“李去哪儿了？”我说。

“他去找罗伊。”

“罗伊在哪儿？”

“不知道。李把他扔到某个地方去了。”

“他会把他扔到哪儿去呢？”埃莱娜说。

“我不知道，但李说他不会再放火了。罗伊应该去过那个地方，因为他说，‘我不想去那里。’但是李保证这次不会像上次那么糟糕。李说这次他有毯子盖。这说得过去吗？”伊丽莎白说。

“真不知道是哪里。”我说，“这儿可没有多少能藏人的地方。”

“我不知道，”她说，“不过，他们来了。”

李·梅隆和罗伊·厄尔从低处的小屋走来，一路聊着天。

“你说得对，梅隆老兄，”罗伊·厄尔说，“比上次好多了，那条毯子确实有用。”

“我就跟你说嘛。”李·梅隆说。

“是啊，但我没信。”

“你得信任我。”李·梅隆说。

“信任别人很难，尤其是当所有人都想把你关起来的时候。”罗伊·厄尔说。

然后他们就来到我们身边了。

“早上好。”罗伊·厄尔兴奋地说。他看上去像是抽筋了一样，不过精神状态似乎好多了。

“大伙儿好。”李·梅隆说。他走过去，亲吻伊丽莎白的嘴唇，然后他们搂在一起。

我看了一眼池中的鳄鱼。它们百分之七十五的眼睛也在看着我。

我们吃了早餐。

罗伊·厄尔和我们一起享用了一顿丰盛的早餐，然后他的精神再次陷入混乱。似乎是食物煽动了他的疯狂。

“没人能找到我的财富，”罗伊·厄尔说，“我把它埋起来了。”

“去你的鸟钱。”有人说了一句：是我。

罗伊·厄尔开始在壁炉里的石块中翻找，他在其中一块的后面发现了什么。那东西被塑料包着。

罗伊把它拆来，仔细地观察，又闻了闻，然后说，“好像是大麻。”

李·梅隆走过去。“让我看看。”他看了一眼，“这是牛至。”他告诉罗伊·厄尔。

“我看像是大麻。”

“是牛至。”

“我跟你赌一千美元，这肯定是‘药’。”罗伊·厄尔说。

“不，这是牛至，和意大利面很搭，”李·梅隆说，“我把它放到厨房去吧，下次煮意大利面的时候可以用。”

李·梅隆把“药”放进厨房。罗伊·厄尔耸了耸肩。这一天剩下的时间静静流尽了。伊丽莎白看上去很美。埃莱娜有些紧张。罗伊·厄尔沉浸在观察鳄鱼中。

他看着它们，微笑，一整天就这么愉快安静地度过，直到太阳落下。突然，他盯着池子大喊大叫，地震、瘟疫和末世灾变在他的声音中降临，“我的天哪，那些是鳄鱼！”

李·梅隆把他带走。他已经完全崩溃了。“那些是鳄鱼。那些是鳄鱼。那些是鳄鱼。”他口中重复着这句话，直到声音消失在我们耳际。

李·梅隆把他扔到他的安置所去了，我不知道究竟在哪里。我连想都不敢想：在苏黎世上空飘扬的邦联旗。

他看到一些联邦士兵正穿越树丛而来。他扑倒在地，假装已经死了。不过他就算是个假装活着的死尸，也不会有多大区别。那些联邦士兵过于恐慌，根本没有看见他。而且他们也没有一个人手上有枪。他们早已弃枪而走，正在寻找一个邦联兵，好向他投降。奥古斯都·梅隆当然不知道这些，他躺在原地，假装双眼永远合上，呼吸就此止息。

李·梅隆，远去吧！你这滚滚大河

李·梅隆没带罗伊·厄尔，一个人回来了。“他现在舒服得就像毯子里的一条小虫。”

“你把他扔哪儿了？”我问。

“这你不用担心。他没事，而且可以享受绝美的海景。他毕竟是个疯子，我们不能让他到处乱跑，把大苏尔变成一根火炬。他没事的，别担心。”

“荣格式心理分析，是吧？”我说。“别逗了，”李·梅隆说，“他没事的，我会照顾他。”

“好吧，”我说，“这是你的地盘。”

“那么，你能允许我去把‘药’拿来吗？”李·梅隆说，“我不知道你怎么样，但我想兴奋起来，撒点小野。行吗?”

“好吧，听上去没什么毛病。”

李·梅隆走进厨房，从我们放香料的地方取出“药”。

“罗伊在火炉里找到的真的是大麻?”埃莱娜小声对我说。

“是啊。”我说。

“李·梅隆的脑子转得还真快。”

“是啊，我想是吧。你抽嗨过吗?”

“没有。”她说。

“啊，这‘药’。”李·梅隆说着，从厨房里出来，手上拿着一个小小的塑料袋。

“啊，这摄魂夺魄的迷幻药，这吸吮邪恶的药根，这恶中之恶，”他说，“我本来是在教会里混的，直到我发现了这玩意儿。让我们兴奋起来吧。”

“我从没嗨过，”埃莱娜说，“那是种什么感觉?”

“赶紧！赶紧!”李·梅隆说，他像在狂欢节里拉客的人一样跑过来。“嗑药之旅！嗑药之旅！试试新鲜出炉的嗑药之旅把！来了解一下吧！八十九岁的世界著名哲学家在爵士音乐家毒窟中被逮捕[1]！还说他以为是金枪鱼！来了解一下吧！丹吉尔[2]！丹吉尔！阿尔巴尼亚！”

埃莱娜接近崩溃，伊丽莎白笑着，而我漫不经心地记下这一切。李·梅隆找来一张报纸，把“药”放在上面，然后开始料理它：把茎和籽分离开来，然后不断捶打，直到“药”的质地变得细腻。

“啊，这‘药’，”李·梅隆一遍又一遍地念叨着，“这是‘药’，这是‘药’。妈妈警告我远离它。我的牧师说，它会使我脑细胞的骨头腐化。爸爸让我坐在他的膝盖上，对我说：‘别再让谷仓

---

① 暗指二十世纪著名哲学家伯特兰·罗素（Bertrand Russell，1872—1970）。1961 年八十九岁高龄的罗素因参加有关核裁军的反政府集会和游行被捕。

② 丹吉尔（Tangier），摩洛哥北部海港城市。丹吉尔与阿尔巴尼亚皆为毒品交易较为猖獗的地区。

里的牲畜嗑药了。今天早上，有头奶牛下了个蛋，有只兔子尝试给自己装上马鞍。’啊，这‘药’。这是‘药’。”

我从未和李·梅隆一起嗨过，看来那会是一番不同的体验。这个年轻的吸毒狂魔似乎很清楚自己在做什么。

他卷了一个精致的烟卷，把它点燃，交给他年轻的邦联太太。她深深地吸了一口，然后交给埃莱娜。埃莱娜不知道该怎么办才好。

“把它吸进你的肺里，”我说，“让它尽可能地停留在那里，越久越好。”

“好吧。”她说。

她照做了。真是个好女孩。然后她把烟卷递给我。我用大麻烟冲击自己的肺部，然后将它还给李·梅隆。然后我们就这么一圈一圈一圈一圈地轮着抽，直至我们达到一种境界：飞得比风筝还高。

抽完第五卷烟后，李·梅隆开始大笑。他什么也不说，只是一直笑。

“这感觉不错，”埃莱娜说，“但绝对没有什么特别的。不像是革命。”她对我说出这句话的时候，一直注视着炉火。

伊丽莎白的样子就像一只超然的天鹅。我的意思是，那种特质越脱了身体的局限，盘旋在屋子里。“我感觉很棒。”她说。

李·梅隆笑得跟鬼似的。接着，他把那恐怖的大麻烟留下的所有烟蒂收集起来，把它们撕碎，然后将烧得焦黑的纸片一块块吃下。接着，像洗一副牌一样，他拾起那些幸存的大麻碎，把它们卷成一架 B-17 轰炸机，并将它点燃。它就像柏林的防空火炮一样，大家都飞得更高了。

埃莱娜陷入对炉火的永恒注视中。伊丽莎白一边玩弄着头发，一边看着李·梅隆。他依旧笑得跟鬼似的。

他似乎失去了语言能力，所以我开始一边来回踱步，一边说：“呃，呃，你似乎失去语言能力了。”然后李·梅隆就会笑得比之前更夸张。

“说不出话了，嗯？”

李·梅隆摇了摇头。

“听得见吗？”

李·梅隆举起两根手指。

“很好，”我说，“语言能力显然已经丧失了，但是这家伙还听得见。这是个好消息。”

李·梅隆挥动着那两根手指，就像轰炸机在城市上空坠落。

“很好，很好。还能交流，”我说，“经典的是否手势，可以与生者的世界交流。或许你不能说话，不能正常地谈论政治，但你可以挥手指说是，摇头说否。我们再试一次。挥挥那两根手指，表示是；摇头，表示否。”

他照做了，笑得就像七条鬣狗，皮囊被里外颠倒，并覆上了鸡的羽毛。

“好的，好的，看上去不错。经过细致的检查，我宣布，这个人正遭受致幻药的严重影响。”

李·梅隆挥着两根手指，就像温斯顿·丘吉尔的胜利标志“V”。

“好的，好的，这家伙让我想起大卫·科波菲尔[①]，还有迪克先生的那些龌龊经历和他色情、神经质、得了鼠疫的风筝。”

“这家伙显然是那种夜里逃债跑路的人。说不定从没付过房租，经常偷些可笑的鞋子，四处寻欢作乐，手提箱里还装着一对海豹鳍肢标本。”

“没错，这个人肯定正在遭受致幻药的影响。说不定手提箱里除了海豹鳍肢，还装着一套托马斯·德·昆西[②]的装扮。”

李·梅隆像一只海豹一样用他的手拍打着地板，并开始模仿海豹的叫声。没想到，不到一个小时之前他还在照顾罗伊·厄尔，现在他自己也

---

① 大卫·科波菲尔（David Copperfield），英国小说家查尔斯·狄更斯（Charles Dickens，1812—1870）同名长篇小说中的人物，后文的“迪克先生”（Mr. Dick）同样是这本小说中的人物。

② 托马斯·德·昆西（Thomas De Quincey，1785—1859），英国著名浪漫主义散文家，批评家。代表作《一个吸食鸦片者的自白》（*Confessions of an English Opium Eater*）。

需要别人照顾了。

伊丽莎白被这场面逗乐了，但是她什么也没说，除了“李抽得蛮嗨的”。

埃莱娜已经被火迷住了。她的视线没有离开炉火，就好像这是她平生第一次见到火一样。这是为她而生的火焰。

“别闹了，梅隆，”我说，“这种老套的情节，杰克·伦敦都不要。我们来想点有创意的东西吧。”

李·梅隆依旧像海豹一样拍着地板，他显然觉得这个情节很不错。接着，我被伊丽莎白的头发迷住了。它似乎开始在光影中游动。我自己也失去控制了。这就像一场婚姻。

“这‘药’还行。”埃莱娜终于开口了。

李·梅隆举起两根手指，伊丽莎白的头发附议。

那些联邦士兵在慌乱中逃走了。在试着活过来之前，奥古斯都·梅隆等了一会儿。一只蚂蚁从他的手上爬过，移动的样子就好像拥有一本通向风湿病的护照一样。奥古斯都·梅隆的嘴里丁零咣当地响起一阵无声的粗口，死了是一回事，而这可是另一回事。

鳄鱼减去猪排

在一言不发地笑了两个小时之后，李·梅隆起身，跳入池中，开始朝外泼水，想把鳄鱼从漆黑的池水中赶出来。

“吼！——噗/噗/噗/噗/噗/噗/噗/噗！”它们在他的手中出现又消失，就像一个马虎的爬行类魔术师，在表演一个乱七八糟的鳄鱼魔术。

他花了十五分钟才抓到一条鳄鱼。他仍然说不出话，一直在哈哈大笑。那场面真是精彩！

然后他摆出一副“伟大邦联将军”的姿势，把鳄鱼递给伊丽莎白。她庄严地收下鳄鱼，并回赠了一个吻。那场面真是感人。

李·梅隆跳回池中，我觉得倒不如说是跌回

去的。他的脸率先抵达水面，制造出一个巨大的水花。

就在此时，罗伊·厄尔出现在壁炉火光的边缘。他被锁链拴在一根木头上，鬼知道他是从哪里拖过来的。反正看上去可怕极了。

“梅隆老兄在做什么？”他在关心他的邦联精神病医生。那个人现在正挣扎着游到水面上来，水里传出他的笑声。

“鳄鱼。”我说。

“噢，天哪，不！不！不！”罗伊·厄尔尖叫道。他抱起那根木头，拖着它一步步消失在黑夜中。他如幽灵般现身，又如幽灵般隐去。他的来去与我们毫无关联。他不过是又一个被拴在木头上的、在大苏尔被鳄鱼吓得落荒而逃的幽灵。

李·梅隆终于探出水面，一条鳄鱼和他一同出现，牙齿紧紧咬着他的领子。李·梅隆跨出池子，走回屋里去。那条鳄鱼挂在他的脖子上，就像一个奖章。

他发现一个无首的联邦军上尉躺在花丛中。这个上尉看起来就像一个花瓶，他的脖子上既没有眼睛也没有嘴巴，只有鲜花。但这也不至于使奥古斯都·梅隆忽略上尉脚上的那双靴子。虽然上尉的头已消失在世间了，他的靴子还在。它们满足了奥古斯都·梅隆那双赤脚的幻想，把那些幻想变为货真价实的皮革。奥古斯都·梅隆走后，上尉变得更加不健全，更加难以应对现实的侵袭。

四对夫妇：一组美国镜头

睡觉前，埃莱娜疯狂地爱上了嗑药。我不知道伊丽莎白发生了什么，她和李·梅隆一起走了。

他们还带着鳄鱼。我不知道李·梅隆是否可以开口说话了。伊丽莎白说，她会开车。

我四处寻找罗伊·厄尔。我可不想让他拖着木头跑到高速路上去。那会让人们产生误解的。不过，我也不知道该如何正确理解这种场面。一切都太诡异了。

你在哪儿，罗伊·厄尔？我提着灯笼，四处寻找，留下埃莱娜独自坐在炉火前。她对火深深着了迷。她说，我们所有人的某一部分都存在于火中。我说，是啊，照顾好自己。

“罗伊·厄尔？罗伊宝宝？罗伊？”我到处都找遍了，只剩下最后一个小屋，于是我前往那里。“罗伊，已经没事了。鳄鱼已经不在了。一切都过去了，你可以出来了。约翰斯顿·韦德？韦德先生？韦德保险公司？”

“在这儿，”一个平静的声音说道，“韦德保险公司在这里，在小屋里。”这听起来不像是罗伊·厄尔，可除了他还能是谁呢？

我拉开小屋的门，提着灯笼走进去。约翰斯顿·韦德先生正躺在一个双人睡袋里，身边好像还有另一个人。有那么一瞬间，我以为是伊丽莎白。那当然不可能，我怎么会那么想呢？

“你旁边是谁？”我说。

“那是根木头，”约翰斯顿·韦德说，“我没法取下它，只好把它一起带进睡袋里。”

“你还好吗？”我说。

“还行，”他说，“不过大部分时间我都在发疯，不知道自己在说什么，不知道自己在哪里。我在哪里，你是谁？”

“这里是大苏尔。我是杰斯。”

“你好，杰斯。”

我将灯笼的光从他身上移开。一阵沉默出现在小屋中。沉默中他说道：“也好，你走吧，我很累了。”

“要帮你把锁链拿下来吗？”我说。

“不用，”他说，“没关系。其实我还挺喜欢的，它让我想起我老婆。晚安。”

“晚安。”我说。我回到之前的小屋去，把埃莱娜从火中救了出来。我觉得自己就像某种奇怪的圣伯纳犬①，在烈火中营救一个滑雪者。

“真是漂亮啊，”她说，“我们所有人都在火中。”

“是啊，”我说，“我们回去睡觉吧。”

我们轻巧地穿过厨房墙上的那个洞。

---

① 圣伯纳犬（Saint Bernard Dog），由瑞士阿尔卑斯山区圣伯纳修道院的僧侣用獒犬类杂交而成，经常用于雪地救援任务。

“李和伊丽莎白哪儿去了?”她说。

“他们开着她的车去了某个地方，还带着鳄鱼。不知道他们去哪儿了。”

“我在火中看见他们了。”她说。

列兵奥古斯都·梅隆起身，开始行动。战争的声音将他团团围住，如同被放在放大镜下一般。接着，在震耳欲聋的枪击声中，他听见了火炮与前车①分离的声音，就像一块新鲜的肌肉，即将在荒原上大展身手。

---

① 前车（Limber），安装在老式火炮炮锄下的附加两轮小车，便于火炮的运输。火炮在进入发射状态前，需要将前车分离。

让鼓声使你觉醒吧！

不知睡了多久——我梦见阿尔弗雷德·希区柯克。他说南北战争还不错——直到埃莱娜又把我弄醒：好吧，别。

这次我不会再挣扎了。已没有挣扎的必要。我睁开双眼，外面正是清晨。那个早晨给我的感觉，和最近发生的事情一样奇怪。空中覆盖着阴云，天气微凉。透过窗户看，空气似乎凝滞了。

“搞什么？”我说。

“鼓声，”她说，声音中充满疲惫，“听到了吗？”

是，我听到了。鼓声。彻夜不停的鼓声。虽然不如沃尔特·惠特曼的鼓那么响，但它们确实存在。

也许是邦联军队准备再度入侵北方。谁知道呢。我反正不懂。鼓声。

“你留在这里。”

我穿上衣服，到屋外查看情况。我以为会看见数千衣衫褴褛的邦联士兵，从1号高速上经过。骑兵在队伍中奔突，将士兵冲得七零八落。数百辆战车满载弹药和补给，旁边是炮车，拉车的马向前稳步迈进。

我以为会看见邦联军大肆进攻加利福尼亚州的蒙特雷，军鼓与战旗浩浩荡荡地经过1号高速。但我只见到从“老婆”身上解放了的罗伊·厄尔，坐在厨房墙上的洞边，敲着一个倒扣着的浴缸。

“搞什么？”我说。

“没事。我只是想用鼓把某个人敲醒，”他听上去完全恢复了理智，“我不知道大伙儿都去哪里了。”

“你觉得呢？”我说。

奥古斯都·梅隆跌跌撞撞地走入一片空地。空地的一侧是炮兵的豪华健身课堂。不久，得州部队发起了疯狂的进攻，胡德将军的弟兄们冲向邦联军。罗伯特·爱德华·李将军想要加入其中，但是得州人阻止了他。接着，大苏尔第八志愿重度食根者来到这里，其中一个人分了个帽贝给远行者吃，而列兵奥古斯都·梅隆得到了一双新靴子。大苏尔第八志愿重度食根者开始围成圈跳舞，将军和马站在中间。美国南北战争在他们的四周继续进行着，那是这个国家生命中最后一段灿烂的时光。

再见了，罗伊·厄尔，保重

李·梅隆乘伊丽莎白的车回来的时候，罗伊·厄尔精神很好。“李·梅隆来了，”罗伊·厄尔说，“我老兄，梅隆老兄来了。”

“是啊，”我说，“梅隆老兄。”

“他怎么解开的？”李·梅隆说。他的嘴巴恢复了语言能力，就像鸟飞回天空。

“不知道，”我说，“你为什么把他拴在木头上？想不出别的招了吗，荣格博士？”

“我知道该如何照顾他。”李·梅隆说。

“是啊，”我说，“他不过是大半夜拖着一根木头到处乱跑罢了。你昨天演哈姆雷特的时候没有看到吗？”

“别担心，”李·梅隆说，“一切都在掌握之中。”

“也许吧。”我说。一排空虚的浪将我打翻。我就像一个因为显而易见的原因，被房客抛弃的旅馆。

吃早餐的时候，罗伊·厄尔表现得异常安静，他身上所有疯狂的特质都陷入了沉思。早餐结束前，他的样子就跟昨晚我们在小屋里见面时一样：与一根木头共同入眠，身上裹着睡袋，就像从一片草地里长出来似的。

早餐后，他说：“我该离开了。今天是周三，对吧？”

“是的。”伊丽莎白说。

“我得去康普顿见一个客户，”他说，“很快就要走了。很高兴见到你们，有机会一定要来圣何塞找我。”

“好的。”李·梅隆说。

约翰斯顿·韦德先生看上去精神非常稳定，虽然他的衣服和身体沾满大苏尔的尘污，看起来有些凌乱。

“好的，我约了客户，现在必须走了。”

“你还好吗？”埃莱娜说。

“是的，我很好，女士，”他说，“我的车应该在那条路上，停在那些树旁边。”

“你带上钱了吗？”埃莱娜问。她朝李·梅隆投去审判似的一瞥：这个因其思想与行为臭名昭著的人。

“我取回手提箱了，”约翰斯顿·韦德先生说，他走过去，掀起那块如弗兰肯斯坦假发似的鹿皮毯，“在这儿，”他说，“我今天早上拿出来的。”

“好。”我说。

李·梅隆注视着池塘。没有了青蛙和鳄鱼，它已不同于往昔。我本想问李·梅隆鳄鱼都去哪儿了，但我觉得最好等约翰斯顿·韦德先生启程前往康普顿处理保险事务后再问。

他将树从车上搬下来，我们向他道别。“一定要来圣何塞找我哦。”他一边将车倒回路上，一边透过窗子喊着。

“好的。”李·梅隆说。

Bon voyage，罗伊。一路顺风。别了，罗伊·厄尔，照顾好自己。但我并没有感到高兴。旅馆里有了更多的人走房空，而电梯里塞满手提箱。

战旗猎猎，我们头戴桂冠降临！

我们回到小屋去。太阳从云中现身，甜美的气息像一只隐形的鸟，从山艾树丛里冒出来，盘旋在我们身边。辉煌的日光倾洒在海上。

“好的，罗伊·厄尔的事解决了，”李·梅隆说，“下次有空，你一定得去圣何塞拜访拜访他。不过最好带上一双备用的鞋子和一辆用来逃跑的车。在一切戛然而止前，那里还是很有趣的。

“他家的高保真葡萄酒，我很推荐。说到高保真葡萄酒：我们到太平洋边上去嗑药，然后随波而去吧。波浪和‘药’很搭。

“我喜欢它们破碎的样子，就像鸡蛋撞在北美大烤盘上。你应该也喜欢吧？你不是挺文艺的吗?”

“啊,去他的吧。那些鳄鱼呢?”我说。

“我挺想嗨的。”埃莱娜说。

“在赫斯特镇那边。”李·梅隆说。

“贺尔死镇?①”

“不,赫斯特镇。圣西米恩。”

“天哪,它们在那边做什么?”

“我们把它们扔进池子里了。你知道,就像《公民凯恩》② 里那样。这么做似乎是正确的,”李·梅隆说,“青蛙们一去不返。”

“它们说不定跑到诺瓦克之类的地方去了。它们都处于他妈的鳄鱼精神震荡中。那可是一剂猛毒。”

---

① 原文为 Hearseville,与李·梅隆说的 Hearstville 形似。Hearse 为灵车、灵柩之意。

② 《公民凯恩》(*Citizen Kane*),奥森·威尔斯(Orson Welles,1915—1985)于 1940 年拍摄的一部纪传体影片,讲述了一位报业大亨查尔斯·福斯特·凯恩(Charles Foster Kane)的生平故事。其中,电影第六幕为鳄鱼沉睡在池中的场景。

“我们想让这些鳄鱼在气派的大房子里颐养天年，标准要跟希腊的寺庙和美好生活看齐，而不是靠救济金度日。”

“好吧，”我说，“听上去合情合理。”

我已经完全失去理智，意识开始从感官上剥离。我觉得它随着李·梅隆把“药”拿来而渐行渐远。

伊丽莎白一如往常。她不知从何处找来一条天鹅绒饰带，李·梅隆将它系在她的腰间。我们沿着那条陡峭的小路走向太平洋。它就像一面系在她身上的邦联旗。

我们拖在她的身后，就像落网的鱼。三头鲸鱼从我们身边游过，向高空喷射出透亮的水柱。我的目光在伊丽莎白的腰和鲸鱼之间反复转移。我期盼着，数不清的邦联旗从它们的头顶喷射而出。

故事的结局如同石榴，每秒186000个

太平洋朝着命运的方向涌动：我们留在岸边的身躯，李·梅隆卷着大麻。他把其中一些递给埃莱娜。她贪婪地吸了几口，然后递给我。我递给伊丽莎白，她就像一支被遗忘在摩登时代的希腊舞。

抽了五六卷“药”之后，大海开始以另一种质感流入我们体内：我是说，缓慢而轻盈。

我看着伊丽莎白。她坐在一块白色的岩石上，海风吹起她红色旗帜的尾端。她用手托着头，注视大海。李·梅隆四仰八叉地躺在粗粝的沙上。

埃莱娜看着浪花，它们破碎的样子，就像用

僧侣牙齿做成的冰格之类的东西。谁知道呢？我弄不清楚。

我看着他们三个。他们在凡世的存在，和我与存在之间的关系，使我疯狂。我的内心充满不安与困惑。

这一周发生的事情令我有些难以承受。我被轻微过量的生活砸中，无法理解其中的意义。我看着伊丽莎白。

她很美。海鸥在大海上滑翔，它们被竖琴的琴弦系在海面上，巴赫和莫扎特的乐声随泡沫破灭。我们坐在那儿，四个因大麻而痴醉的人。

伊丽莎白很美。风吹进她的发间，撩起她洁白的裙摆。邦联旗红色的头发卷曲起来。埃莱娜独自坐在那里。

过了一会儿，她走过来对我说："我们去散散步吧。"

"好啊。"我说。那是我的声音，对吧？是的没错。我们走了很远。也许过了五十年，埃莱娜忽然搂住我，用力地亲吻我的嘴唇，把手伸到我的腿间。

这个动作里没有一丝忸怩，她是认真的。我的天，她进步得可真快。“我想要。”她就像个孩子。

她的嘴沉入我的嘴中，可我却感觉十分别扭。过去的一周如此漫长。我感到有东西从意识里滑落。

“我来。”埃莱娜说。

我坐在一片缀着白色鹅卵石的粗沙上，许多苍蝇在空中翻腾，不断停落在我身上。埃莱娜脱下我的鞋子，又脱下我的裤子。然后，她发现我还是软的。

“我们会喂它些好料的，”她说，“马上。”她脱下我的内裤。我一定是起床的时候穿上的，但我没有印象了。这倒也不是什么大事，只是让我有些意外。这样的事情本不该让人意外。

“把上衣脱了，”她说，“瞧你，赤身裸体的。”她得意极了。但是我却感觉十分陌生，她就像变了一个人。

我想知道伊丽莎白在做什么，有东西从我的意识里滑落。我拍死了腿上的一只苍蝇。风暴将许多海带卷到沙滩上，招来了这些苍蝇。那真的是几天之前的事吗？肯定是。

“我的衣服可都还在喔。”埃莱娜说着，踢掉了脚上的鞋。她深陷情欲之中，而我置身事外，就像旁观另一个人玩弹珠游戏。

她脱去上衣，大海朝她涌来，浪花在身后破碎，就像一座白色的大理石城堡与杯中的莱茵葡萄酒相撞。

她不断挤榨着脱衣服能够承载的戏剧性。这让我想起《哈姆雷特》，某种奇怪的《哈姆雷特》，里面的奥菲利亚会像埃莱娜这样脱衣服。

她的乳房因为激寒紧张起来，乳头变得像想象中的石头一样硬。她的肌肤像摄影机一样录制下了寒冷。

她穿着一条牛仔裤。奇怪，一整天我都没注意到。她把裤子慢慢向下拉，让它从臀部轻轻漂过，就像乘木筏顺流而下的雕像。

怎么会有人做这种事呢？我没有勃起。

没有激起一丝欲望。我看着两腿之间的地方，那里有许多小小的白色鹅卵石，只比沙粒大一点点。我看着它们。一只苍蝇落在我的肩上，我将它耸落。

埃莱娜将裤子褪至私处。它看上去很陌生。面对它，我不知该想些什么。

我硬不起来。也许要过一会儿吧。这不太对劲，或许她能够帮我。我感觉不是很好。

她当然会帮我。这不过是件小事。

她踏过牛仔裤，向我走来，在我面前跪下。我看着阴茎下那些白色的石头，她的头的影子渐渐爬了上去，将它们收进阴影中。

但这一点效果都没有，苍蝇爬到我们身上。我将她压在身下，希望能有作用，可我们浑身都是苍蝇，什么也没有发生。很久很久，什么也没有发生。

谁说我们是这个粪堆上支配一切的生物？苍蝇们顺着我的屁股缝向上爬，它们正讲授一堂高等哲学研讨课。

过了一段时间后，一切都很明显了：埃莱娜是天空，埃莱娜是太平洋，埃莱娜是沙，埃莱娜是太阳，埃莱娜，埃莱娜，埃莱娜……

“不要紧的，”她说，“不要紧。”那声音真是无比动听。应该要有一种负责这件事的鸟：在你不举的时候歌唱。

“可怜的心肝儿，”她说，“你抽得太嗨了，硬不起来。”她在我的嘴上留下一个甜蜜的吻。“这就是你的问题所在，你是个毒魔。”

我们搂着对方，在地上躺了一会儿。有时候我会忘记埃莱娜的温柔，但或许这对我来说也没什么特别的。

“你感觉怎么样？不要难过。”她说。

一只海鸥从我们头上飞过。我们穿上衣服，回去找李·梅隆和伊丽莎白。他们好像在找什么东西，罗伊·厄尔和他们在一起寻找着。好在我并不惊讶。

“有东西找不着了吗？”埃莱娜说。

“是的，”罗伊·厄尔说，“我把石榴落下了。我记得我把它放在这下面某个地方，就在这附近。”

“一定会在某个地方。”伊丽莎白说。

李·梅隆正在一块石头下翻找。

“我花了十美分才买来那颗石榴，”罗伊·厄尔说，“它对我来说很重要。我在沃森维尔买的。”

“我们找找这边。”我说。反正也无事可做，毕竟这就是我们的命运。我们早已注定的未来，就是现在在大苏尔寻找一颗失踪的石榴。

“你要那颗石榴做什么呢？”李·梅隆说。

“我要将它带去洛杉矶。大生意。”

伊丽莎白抬起头笑了。李·梅隆把石头放回原处，谁也看不出它被移动过。

第二个结局

一只海鸥从我们头上飞过。我们穿上衣服，

回去找李·梅隆和伊丽莎白。他们和刚才分开时没什么变化。

伊丽莎白坐在一块白色的岩石上，而李·梅隆四仰八叉地躺在粗粝的沙上。

没有变化。他们仍是刚才的样子。

他们看起来就像是一本老相册里的照片，一言不发。我们在他们身边坐下。或许你就是在那里见到我们的。

第三个结局

一只海鸥从我们头上飞过，它的声音与光竞逐着，穿越历史中颜色温和的歌曲。我们闭上眼，鸟的影子就在我们耳中。

第四个结局

一只海鸥从我们头上飞过。我们穿上衣服，回去找李·梅隆和伊丽莎白。罗伊·厄尔和他们在一起。好在，我并不惊讶。

他们站在岸边激荡的浪花中，将罗伊·厄尔的钱扔进太平洋。一张张百元钞票从他们的手里飞散而去。

“你们在干吗?”我说。

李·梅隆转向我，他的手里，百元钞票仍在飞落，飘进水里。

“罗伊·厄尔不想要这些钱了，所以我们帮他扔进海里。”

“我们也不想要。”伊丽莎白说。

“这些钱唯一的用处就是将我送来了这里。”罗伊·厄尔说。百元钞票像鸟一样，展翅飞进海里。

“拿去吧，”他对波浪说，“将它带回你的家。”

它们照做了。

第五个结局

一只海鸥从我们头上飞过。我将手高高举起，手指拂过它美丽柔软的白色羽毛，感受它飞行的弧度和节奏。它从我的愤怒上一滑而过，飞向了天空。

每秒 186000 个

然后又有越来越多的结局出现：第 6 个，第 53 个，第 131 个，第 9435 个结局，结局来得越来越快。越来越多，越来越快，直到每秒 186000 个。

图书在版编目(CIP)数据

从大苏尔来的邦联将军：一部公路片 /（美）理查德·布劳提根著；李望鹭译. -- 北京：北京联合出版公司，2025. 4. -- ISBN 978-7-5596-8113-3

Ⅰ. I712.45

中国国家版本馆 CIP 数据核字第 20246GA996 号

北京市版权局著作权合同登记　图字:01-2024-4968

从大苏尔来的邦联将军：一部公路片

作　　者:［美］理查德·布劳提根
译　　者:李望鹭
出 品 人:赵红仕
出版统筹:杨全强　杨芳州
责任编辑:李艳芬
策划编辑:玛　婴
装帧设计:汐和 at compus studio

北京联合出版公司出版
(北京市西城区德外大街 83 号楼 9 层　100088)
北京联合天畅文化传播公司发行
北京启航东方印刷有限公司印刷　新华书店经销
字数 80 千字　889 毫米×1194 毫米　1/32　7.5 印张　插页 2
2025 年 4 月第 1 版　2025 年 4 月第 1 次印刷
ISBN 978-7-5596-8113-3
定价:48.00 元